눈속말을 하는 곳

눈 속말을 하는 곳

윤병무 글 | 이철형 그림

한 소녀가 자기 이름을 나무에 새겼다네.

그 충격에 나무는 꽃을 떨구며 말했다네.

소녀야, 네 이름을 오래오래 간직하겠다.

너는 내 꽃의 행방을 알려다오.

Compay Segundo의 노래 「Amor de Loca Juventud」 중에서

보이는 것과 보는 것

지난 초가을, 어쩌다 보니 하루에 두 편의 TV 다큐멘터리를 보았습니다. 한 편은 인형극 연출가인 리포터가 체코 곳곳을 소개하는 프로그램이었고, 다른 한 편은 오지 여행가가 현지 한국인 가이드와 함께 호주의 오버랜드 트랙을 도보 여행하는 프로그램이었습니다. 자연 훼손을 막기 위해 하루에 60명만 받는다는 그 국립공원은 TV 화면으로 보아도 웅장하고 다채로웠습니다. 리포터와 가이드는 멋진 경치를 만날 때마다 감탄사를 쏟아내 시청자를 주목시켰습니다. 화면이 바뀌자 수령이 4~6백 년이나 된다는 유칼립투스 나무가 구릉에 솟아 있어 현장에서 보면 장관이었겠습니다. 높이가 60미터나 된다는 나무 아래서 리포터가 감탄했습니다.

"와! 나무가 엄청 커요."

현지인 가이드가 응대했습니다.

"크죠?!"

"예, 제 마음도 이 나무처럼 쑥쑥 자라면 좋겠어요."

현지인 가이드가 이어 말했습니다.

"저도요."

곧이어 화면은 같은 풍경에 감동하고 있는 어느 서양인 장년 부부의 소감을 들려주었습니다. 카메라를 향해 남성이 말했습니다.

"이 나무들을 보니 제가 젊어진 것 같아요. [이 나무들에게] 그동안의 사연을 듣고 싶네요."

그날 저녁에 제가 두 번째로 보았던 프로그램에서는 리포터가 체코의 시골에 사는 자신의 스승 댁을 2년 만에 방문했습니다. 체코인 노 스승은 목각 인형 제작자였습니다. 조각칼만 수십 자루를 줄지어 놓고 그는 매일 오후 목각 인형을 깎고 있다고 했습니다. 그런 그가 해부도에서나 봄 직한, 앙상한 뼈로만 구성된 인체 목각 인형 둘을 테이블에 올려놓고 잠깐 인형극을 연출했습니다. 노 스승은 그 두 인골 인형이 '로미오와 줄리엣'이라고 했습니다.

"우리가 알고 있는 로미오와 줄리엣이 아니네요."

놀라서 묻는 제자 리포터에게 그는 웃으면서 대답했습니다.

"그들의 300년 후야. 죽으면 다 똑같아!"

같은 곳을 보는 사람들의 말들이 사뭇 달랐던 그 두 프로그램을 시청하면서 저는 좀 씁쓸했습니다. 프로그램을 이끄는 리포터

보이는 것과 보는 것

와 가이드의 눈길은 신화적 위엄이 느껴지는 유칼립투스 군락에 가 있었지만, 정작 두 사람은 자기 내면의 성장에 관심 있었습니다. 본인의 마음이 더 커지길 바랐으니까요. 반면, 트레킹에 동행한 인터뷰이의 시선은 현장의 나무들이 살아온 아득한 세월을 향해 있었습니다. 그분은 대상 자체를 응시한 겁니다. 또, 인형극 연출가 리포터는 스승의 연출 의도를 직관적으로 이해하지 못한 반면, 스승은 삶과 죽음을 대비시킴으로써 '살아 있음'이 더욱 살갑고 아름답다는 통찰을 역설로 보여주었습니다.

어느 곳에서 무언가를 본다는 것은 단순히 시신경의 활동만은 아닙니다. 눈길이 가닿은 세상 곳곳의 현장에는 누군가 바라보기 이전의 시간이 있고, 그 시간과 함께한, 지금과는 달랐던 공간도 있었습니다. 그러니 당연히, 천천히 혹은 급격히 달라져 온 과정의 사연도 있겠습니다. 그 공간이 도시이든 시골이든 자연이든 말입니다. 그 이야기들은 마치 담벼락에 쓰인 흐릿한 분필 낙서처럼 고작 몇 자의 사소한 흔적인 경우이기도 하겠습니다. 그것은 "○○가 △△를 좋아한대요." 같은 질투심이기도 할 테고, "96-3"같이 오래전 집배원이 편의를 위해 흘림체로 적어놓은 번지수이기도 할 텝니다. 또는, 이제는 주택단지로 바뀌어 빈집으로 남은 낡은 둥지이기도 하겠습니다. 그런 흔적을 살피고 유추하는 이의 시선의 각도는 때로는 둔각(鈍角)이 되어 폭넓어지고, 때로는 예각

(銳角)이 되어 섬세해집니다.

제 마음을 보탠 눈길이 닿았던 서른 '곳'의 이야기를 하나씩 풀어 보았습니다. 궁금할 때면 그곳들의 역사 정보를 찾아보았습니다. 소재와 연관된, 쿰쿰한 앨범 사진 같은 추억도 꺼내 보았습니다. 생각의 징검돌을 디디며 그 곁을 흘러가는 물살에 제 면목도 비춰보았습니다. 수다가 많아 각각의 글에 음악의 외투를 입은 덧말도 붙였습니다. 그런 저의 산문이 주목한 장소는 우리나라 성인이라면 대개는 알고 있는 곳입니다. 하지만 같은 소재여도 사람마다 다른 경험이 있을 테고, 그곳에서의 희로애락도 다를 테니, 공감 여부도 각기 다르겠습니다. 세상일을 평가하는 가치관도 제각각일 테니, 앞에서 제가 언급했던 두 다큐멘터리에 대한 시청 소감도 저와는 상반되기도 할 텝니다. 저의 느낌과 생각이 있듯이, 독자 여러분마다 정서와 사려가 다를 텝니다. 다양성을 존중합니다. 그럼에도, 나름의 방향이 있기에 교차로도 있기 마련일 텝니다. 한산할지 붐빌지 모를, 방금 이 교차로 건널목을 건너실 독자분이 저는 반갑습니다. 세상에는 하고많은 '곳'이 있으나, 제 눈길이 닿은 '곳'들에 독자분의 시선과 마음이 겹쳐 또 다른 그림으로 채색된다고 생각하니 즐겁고 기쁩니다.

이 책은 지난해 봄부터 가을까지 인터넷 과학 매거진 『동아사이

언스』에 연재되었던 저의 산문을 고치고 더해 새로이 묶은 것입니다. 깊이도 뽕끼도 없는 저의 잡설을 재미있다고 연재 청탁까지 해주신 (주)동아사이언스 장경애 대표님께 고마운 마음을 드립니다. 또 줄곧 멋진 사진으로 예쁘게 편집해주셨던 김규태, 한세희 두 팀장님께도 고마움을 전합니다. 이 세 분은 시를 써왔던 저를 수다스러운 산문가로 변신시키셨습니다. 즐거운 일이었습니다.

서른 편의 에세이들이 책으로 만들어지는 동안 매 산문마다 이철형 그림 작가가 근사한 옷을 입혀주었습니다. 그의 정감 있는 연필화가 없었다면 이 책은 앙상한 겨울나무였을 텝니다. 화첩에 그의 손길이 지나가면 연필심은 다정하면서도 묘한 페이소스를 새겨놓습니다. 쉬 질리지 않는 그의 착한 그림을 저만 좋아하지는 않을 듯합니다. 그리하여 읽고 볼 수 있는 책으로 만들어준, 거기에 더해 자신의 전공을 살려 멋지게 북디자인까지 해준 이철형 작가에게 뜨거운 고마움을 전합니다.

그런 시도와 실제 작업이 있기까지 불을 지펴준 이창섭 후배님의 풀무질이 없었으면 아마 이 책의 진행은 시작되지 않았을 겁니다. 지난해 그는 이 책에 실린 글 한 편을 읽고는 제게 책 출간을 부채질했습니다. 얇은 귀를 가진 제 욕망 때문이기도 하겠지만, 그를 전폭적으로 신뢰하는 저의 마음이 그의 풀무질에 불씨가 되어 발갛게 달아올랐었습니다. 제가 알고 있는 출판계 최고의 마케터인, 최근에는 출판사 경영인으로서 우후죽순인 이창섭 후배님께 감사한 마음을 전합니다. 더불어, 이 책의 매 산문마다 '덧말'을 이어 쓰게끔 구체적으로 제안해준 탁월한 에디터 김종곤 후배님께도 뜨뜻한 고마움을 전합니다. 그의 정직한 열정은 종종 선후배 자리를 뒤바꿔놓습니다.

그리고, 집 안에서조차 원고 쓴다는 명분으로 살가운 대화 한마디 없이 화장실을 책상 삼아 족히 반시간은 틀어박혀 나오지 않는 남편과 아빠를 배려해준 아내 경희와 아들 필원, 딸 서린에게도 이 한 문단으로나마 송구한 마음을 표시합니다. 사랑하는 가족 없이는 저는 살아내지 못할 겁니다. 제게 가족은 닳아도 닳아도 줄어들거나 부러지지 않는 연필입니다. 지금껏 식지 않는 제 마음은 (선친이 그랬듯이) 늘 가정이라는 '곳'에 있습니다. 그곳에서도 눈속말을 주고받습니다.

2018년, 지구가 태양을 중심으로 다섯 시 방향에서 돌고 있을 때
윤병무 씀

차례

2부 곳곳

3부 곡곡

1부
곳

절망과 희망이 함께 사는 곳

*

점
집

마음이 힘든 시절일수록 사람들이 찾아가는 곳이 있습니다. 그들은 당사자이기도 하고 가족이기도 합니다. 당사자의 마음이 힘들면 그를 사랑하는 가족의 마음의 생살도 베어지기 때문입니다. 그래서 그들은 외따로, 혹은 함께 위안과 힘을 얻을 수 있는 곳으로 향합니다. 그곳은 앓는 마음을 치유하려고 찾아가는 정신건강의학과나 심리상담소이기도 하고, 기분 전환을 할 수 있는 프로 스포츠 경기장이기도 하고, 초월적 존재에 의지하려고 찾아가는 교회나 성당이나 절이기도 하고, 불안한 현재에 이어진 미지의 미래가 궁금해 방문하는 점집이기도 합니다.

저는 점집을 가본 적이 없지만, 전혀 다른 공간에서 지인의 소개로 점술가를 찾아간 적이 있습니다. 그곳은 20여 년 전에 지어진 백화점의 맨 위층에 있는 커피숍이었는데 바로 옆에 영화관이 붙어 있었습니다. 10분쯤 이르게 약속 장소에 도착해 주위를 둘러보았습니다. 그러면서 생각해보니, 사람들의 인생사가 하고많은 영화 속 사연들과 유사하기도 할 테니 영화관 바로 옆인 그 장소가 사람의 운명을 살피는 곳으로서는 꽤 상징적이었습니다. 약속한 점술가를 만나본 적이 없어서 가만히 앉아 기다리면서도 몇 테이블 건너편에 노트북을 열어놓고 한 여성과 마주 앉아 진지하게 대화를 나누고 있는 한 중년 여성이 점술가임을 저는 한눈에 알아차렸습니다. 잠시 후, 앞선 만남을 마친 그분이 간단한 짐을 챙겨 제게로 다가와 약속한 사람임을 확인하고는 앞자리에 마주 앉았습니다.

사주(四柱)의 근거 정보가 되는, 출생 연월일시(年月日時)를 알리자, 점술가는 『만세력』으로 보이는 책자에서 무언가를 확인하고 (나중에 제게도 보여준) 노트북의 엑셀 파일 화면을 물끄러미 응시했습니다. 그러더니 채 1분도 안 돼 점술가는 말을 꺼냈습니다.

"달의 기운을 타고났어요. 해는 좋고 달은 나쁘다는 얘기가 아녜요."

'달'이라는 은유적 표현이 저는 마음에 들었습니다. 무엇을 암시하는 효과로 기능하는 은유(metaphor)는 그 의미를 가둬놓지 않기에 열린 수사법입니다. 사주(四柱)라는 말 자체가 집의 지붕을 떠받치고 벽을 붙잡고 있는 네 기둥[柱]에 비유해, 태어난 연월일시, 즉 네 간지(干支)의

조합에 따라 길흉화복(吉凶禍福)을 알아볼 수 있다는 것이니, 은유에서 시작해 은유로 이어지는 점술가의 말에는 그럴듯한 품위가 있었습니다. 그렇듯 연월일시에 해당하는 간지(干支) 여덟 글자, 즉 팔자(八字)는 명리학(命理學)에 기초해 있기에 사주의 팔자는 어느 곳에서 보더라도 한결같지만, 확인된 사주에 대한 '풀이'는 점술가의 해설에 따라 달라집니다.

달의 사주인데 그 달이 한낮을 지나 두 해 전부터는 초저녁의 시간대에 들어와 있다며, 달은 한낮에는 존재감이 없어서 그다지 좋지 않은 시절이었지만 초저녁에서 저녁으로, 저녁에서 밤으로, 밤에서 한밤으로 어둠이 깊어갈수록 (천운의 동행 여부와는 무관하게) 당사자의 운은 더욱 좋아질 거라고 점술가는 말했습니다. 그 해설이 제게는, 달은 해의 기운보다는 정열적이지는 않지만 고요한 기운을 타고났기에 당사자는 타고난 체력은 약해도 생각과 감성이 섬세한 인물이라는 말로 들렸습니다.

셰익스피어의 희곡 「맥베스」에서 개선장군 맥베스를 비극으로 몰아간 것은 그가 장차 왕이 될 거라는 세 마녀의 예언에 대한 철석같은 믿음이었습니다. 그래서 문학평론가 테리 이글턴(Terry Eagleton)의 말마따나 이 작품의 주인공은 맥베스가 아니라 오히려 세 마녀라고 볼 수도 있습니다. 운명을 비극으로 바꿔놓은 것은 예언이었고, 그 예언은 길에서 만난 세 마녀의 입에

　　　　　　　　절망과 희망이 함께 사는 곳

서 나왔기 때문입니다. 맥베스가 예언을 믿지 않았다면 그런 비극은 없었을 것이고 그 예언 때문에 욕망이 들끓지도, 불안해하지도 않았을 것입니다. 맥베스가 왕은 되지만 자식에게 세습되지 못한다는 세 마녀의 예언은 종래에는 비극의 낚싯줄이 드리워져 있음을 암시했지만, 아이러니하게도 그 걸림돌은 제거하면 된다는 (바꿀 수 없는 운명을 거스르는) 생각에 맥베스 부부는 그 미끼를 덥석 문 셈입니다. 믿고 싶은 예언만 믿었던 것입니다.

같은 어머니의 배 속에서 같은 시간에 태어난 쌍둥이의 사주는 같아도 쌍둥이 개인의 인생은 다르게 전개됩니다. 이런 지적에 혹자는, 사람은 살아가면서 사회적 관계 맺음이 제각각이어서 다양한 관계와 영향을 주고받기에 쌍둥이이더라도 인생이 달라지는 것은 당연하다고 반박하겠습니다. 그래서 어쩌면 "사주는 못 고쳐도 팔자는 고칠 수 있다."라는 옛말이 생겼을지도 모르겠습니다.

명리학의 역사가 3천 년이고 그동안 데이터가 축적돼왔으니 그것을 일종의 통계학이라고 평가하는 입장도 있습니다. 곧이곧대로 받아들여 한 사람의 사주에서 그의 타고난 기질을 엿볼 수 있을지는 모르겠습니다. 하지만 엎치락뒤치락했던 '2017 한국시리즈'의 마지막 경기를 떠올려보면 인생이 어떻게 전개될지는 참으로 오리무중입니다. 9회말에서 번트 하나가 수비수의 실책으로 만루까지 이어져 마지막 역전의 기회를 얻었지만, 2사 만루 상황에서 운명을 싣고 투수의 손끝에서 날아간 최후의 공이 타자의 배트에서 수직으로 솟았다가 포수의 글러브에 들어가는 순간, 대미의 플레이오프 순위를 결정할 줄이야 그 누가 알았겠습니까. 그러니 아무리 용하다는 점집이 있더라도, 그곳을 찾아갔을 때 혹시라도 단정적으로 예언하는 점술가의 말을 듣게 된다면, 그 점괘가 좋든 나쁘든 믿지 않아야 합니다. 그 예언에 사로잡혀 단언을 믿어버리는 순간, 그 믿음에 지배당해 어리석은 맥베스 부부가 맞이한 비극이 시작될지도 모를 일입니다. 그러기에 제가 생각하는 수준급 점술가는 제가 백화점 커피숍에서 만난 점술가처럼, 사주로써 푼 기질적 경향만 은유적으로 말해주어 의뢰인이 스스로 희망의 길을 찾도록 유도해주는 역할자입니다. 점술의 순기능은 의뢰인의 답답한 현실을 위로하고 격려하여 의뢰인 스스로가 활로를 모색하게끔 돕는 데 있다고 생각하기 때문입니다. 운명을 믿어버리면 인간은 더 이상 의지로써 실천할 게 없습니다. 그럼에도 운명이라는 것이 있다면, 그것은 인류가 계속 진화해갈 거라는 한 방향뿐일 것입니다.

✱ 덧말

가장 좋은 사주팔자는 무엇일까요? 직업에 성공하는 것일까요? 풍

　　　　　　　　　　　절망과 희망이 함께 사는 곳

족한 재산을 소유하는 것일까요? 무병장수하는 것일까요? 다복한 가정을 이루는 것일까요? 세상에 명예를 떨치는 것일까요? 나열하고 보니, 그 여부는 태어날 때의 사주팔자보다는 본인의 노력 정도나 본인이 태어난 집안의 유전적, 경제적, 문화적 요인이 더 클 것 같습니다. 그럼, 언급한 전제와 대칭되는 이런 일상생활은 어떤 사주팔자일까요? 중소기업에서 성실하게 일하는 것. 자기 집은 아니지만 비좁지 않은 집에서 사는 것. 약골이지만 큰 질병은 없는 것. 큰 기쁨을 주진 않지만 배우자와 자녀가 크게 속 썩이지 않는 것. 부모상을 알릴 수 있는 지인들이 백 명은 되는 것. 그리고 험한 일을 당하지 않는 것.

　　"한밤중에 목이 말라 냉장고를 열어보니, 한 귀퉁이에 고등어가 소금에 절여져 있네. 어머니 코 고는 소리, 조그맣게 들리네."라고 산울림의 김창완 씨가 부른 「어머니와 고등어」의 노랫말 장면처럼, 최고의 사주팔자는 평범하고 무탈한 생활에 있지 않을까요? 그리고 갈증에 잠깬 가수가 고등어를 바라보며 잠시 생각하는 것처럼, 현실을 응시하는 안목과 태도에 사주팔자의 해석이 있지 않을까요? 동서고금의 역사를 이야기하는 여러 책을 보면 알 수 있듯이, 우리 인류의 일생이 평화로웠던 때는 그리 많지 않았습니다. 그래서 여전히 우리가 인사할 때, "안녕하세요?"라고 하는 말은 괜히 생긴 말이 아닐 텝니다.

왕복을 해도 늘 편도인 곳

*

버
스
정
류
장

평일 저녁 8시경. ㄱㄱ초등학교 맞은편 버스정류장 철제 벤치에 열쇠꾸러미가 덩그마니 놓여 있습니다. 저는 상상합니다. 누군가가 벤치에 앉아 버스를 기다렸나 봅니다. 자신을 찾는 전화벨 소리에 휴대전화를 꺼내려고 호주머니에 손을 넣었나 봅니다. 함께 딸려 나온 열쇠 꾸러미를 무심코 벤치에 놓았나 봅니다. 그러고는 통화가 길어졌나 봅니다. 통화에 몰입해 있는 사이에 기다리던 버스가 정류장에 도착했나 봅니다. 통화를 이어가며 서둘러 버스에 승차했나 봅니다. 열쇠 꾸러미를 남겨두고 버스에 오른 주인은 표표히 떠났나 봅니다.

한 아주머니가 시내버스에서 내렸습니다. 환승하려는지 내린 승강장의 철제 벤치에 앉습니다. 그분이 열쇠 꾸러미를 발견합니다. 그분이 엄지와 검지 끝으로 그것을 한번 들어 올려 살피고는 제자리에 내려놓습니다. 횡단보도를 건너온 또 다

24

른 아주머니가 다가와 열쇠 꾸러미를 사이에 두고 승강장 벤치에 앉습니다. 그것을 사이에 두고 낯모르는 두 분이 말씀을 나누십니다. 그러다가 먼저 오신 아주머니가 가방에서 잼 병을 꺼내십니다. 병뚜껑이 열리지 않는답니다. 무언가를 열거나 잠그는 도구인 열쇠를 보니 본인의 열리지 않는 잼 병이 생각났을지도 모릅니다. "그럴 땐 닫히는 방향으로 돌렸다가 열리는 방향으로 돌리면 돼요." 생활 비결을 알려준 아주머니가 잼 병을 쥐고 양방향으로 두 번 비트니 정말 병뚜껑이 쉽게 열립니다. 두 분이 환히 웃고 있을 때 연달아 여러 대의 시내버스가 도착합니다. 두 분은 서로 다른 버스를 타고 떠났습니다. 곧이어 제가 기다리던 마을버스도 도착했습니다. 버스 단말기에 신용카드를 읽혔습니다. 단말기가 말했습니다. "환승입니다."

버스정류장의 열쇠 꾸러미는 어찌 됐을까요? 열쇠가 없어서 어떤 '닫힘' 앞에서 곤란해했을 열쇠 주인은 잃어버린 곳을 기억해냈을까요? 생각은 이어져, 환승한 마을버스를 타고 귀가하는 동안 오래전 제 선배의 에피소드가 떠올라 피식 웃었습니다. 30년쯤 전에 들은 얘기입니다. 서울 생활을 해본 적 없는 그 선배가 서울에 올라와 신촌에서 술을 많이 마시고는 혼자 2호선 전동열차에 승차했답니다. 그런데 취중의 그분이 전동열차를 어떤 집으로 착각했는지 자동문이 열리자 출입문 앞에 신발을 벗어놓고 승차했답니다. 의자에 앉아 곧바로 잠든 그분이 한숨 자고 일어나자 전동열차는 달리고 있었고 다음 정차역이 아까 승차했던 신촌역이었답니다. 그사이 술도 좀 깼고, 그제야 자신의 신발이 없는 것을 발견한 그분은 주위 승객들에게 민망해 서둘러 하차했답니다. 자동문이 열리고 문 앞 발밑을 내려다보니 자신의 신발이 벗어놓은 그대로 놓여 있었답니다. 실소 끝에 저는 열쇠 꾸러미를 놓고 간 분도 오래전 제 선배의 신발처럼 고스란히 찾게 되기를 바랐습니다.

그날 같은 평일 퇴근길이면 저는 그곳 버스정류장에서 환승을 합니다. 보통은 ○○○번 마을버스로 갈아타고 귀가하지만, 어느 날에는 불쑥 △△번 시내버스에 올라 제가 좋아하는 에일 맥주 IPA가 있는 수제 생맥줏집으로 향합니다. 제게는 집은 집대로 안식처이고, 펍(pub)은 펍대로 휴식처입니다. 양쪽을 선택할 수 있는 그곳에서 저는 버스를 기다리고, 네거리에서 좌회전해 달려온 버스는 제게 문을 열어줍니다. 저와 같은 행인들도 각자의 목적지를 향해 곳곳의 버스정류장에서 버스를 기다립니다. 버스정류장에 승객이 과도하게 늘어나면 운행이 지체되기에 버스는 항상 서두릅니다. 유비쿼터스 센서가 부착된 버스들이 부지런히 움직여 버스들끼리 적당한 간격을 유지하며 노선을 달려야 하기 때문일 텝니다.

행선지가 복잡하게 얽혀 있어서 대도시일수록 버스정류장을 오가는 버스들의 분주함은 지속됩니다. 거미

왕복을 해도 늘 편도인 곳

줄 같은 교차로가 많은 도로에서 적절한 속도와 간격을 유지해야
하기 때문일 텝니다. 그 차이는 지방 소도시나 소읍에 가 보면 금
방 실감합니다. 경북 경주든 충남 보령이든 제 경험으로는 한결같
습니다. 그곳들에서 연만한 시내버스 기사는 연로하신 승객들과
허물없이 흰소리까지 주고받습니다. 버스정류장을 떠나 백 미터
나 진행했음에도 도로변에서 엉거주춤 손을 들면 버스 기사는 승
객들에게 양해를 구할 것도 없이 정차해서 버스 문을 열어줍니다.
더욱이 버스정류장을 향해 부지런히 힘들게 걸어오시는 꼬부랑
할머니에게는 정차한 지 족히 30초는 지났음에도 너무 서두르지
마시라며 꼬부랑 할머니 승객에게 핀잔까지 줍니다.

방방곡곡 어디
든, 주로 서민들이 이용하는 버스정류장은 실수에서 비롯된 분실
의 장소이기도 하고, 낯선 이와 잠시 수다를 나누는 곳이기도 하
고, 저처럼 목적지 선택을 놓고 즐거운 갈등을 하는 장소이기도
하고, 오래전 에피소드를 추억하며 실소나 미소를 일으키는 곳이
기도 합니다. 어딘가로 떠나기 위해 승차하거나 어디선가 승차해
당도하는 곳, 그곳이 어디든 버스정류장은 오늘의 다양한 삶을
이어가고 있는 승객들이 기다리고 떠나는, 연로한 승객들을 기다
려주기도 하는 멈춤과 떠남의 현장입니다.

✳ 덧말

생각해보면 인생은 편도용 승차권 한 장만 손에 쥐고 가는 행로입니다. 그 길에는 왕복 승차권은 없기에 그 누구도 떠났던 곳으로 되돌아올 수 없습니다. 어떤 이는 환승 없이 줄곧 타고 가고, 또 어떤 이는 어느 승강장에 내려 다른 노선으로 갈아탑니다. 저의 인생도 몇 번 환승했습니다. 그때마다 주저하지 않았습니다. 내려야겠다고 생각할 때엔 가차 없이 하차 사인 벨을 눌렀고, 문이 열리면 승강장에 내려 다른 행선지의 버스를 기다렸습니다. 좌석이 없으면 넘어지지 않으려고 손잡이를 잡았습니다. 빈자리가 나면 잠시 앉기도 했습니다. 졸다가 깨어나 창밖을 두리번거리기도 했습니다.

　　　　　　　　　　최근, 지천명의 고갯마루에서도 환승했습니다. 날이 저물어가니, 이번에는 오래 가고 싶습니다. 기적(汽笛) 같은 리듬으로 연주하는 1970년대 디스코 밴드 Eruption의 「One Way Ticket」의 멜로디처럼, 흑인만으로 구성된 그 5인조 밴드의 신나는 라이브 무대처럼 저의 이번 환승은 활기찬 운행이 되길 바랍니다. '인생에는 왕복 승차권은 없어요.'라고 말하는 듯이 여성 보컬은 거침없이 노래 부릅니다. "결코 다시 돌아오지 못할 곳. 블루스로 가는 편도 승차권을 샀어요."라고요. 경쾌하면서도 애수가 배어 있는 이 곡의 가락처럼 인생은 밝지만은 않겠습니다만 말입니다.

우연의 행복이 기다랗게 만나는 곳

국
숫
집

평일 오전에 비가 내리면, 점심식사 시간에 평소보다 서둘러 나서야 합니다. 날씨가 이끄는 대로 우리의 입맛이 국숫집으로 향하기 때문입니다. 같은 이유로 인근 직장인들도 그럴 가능성이 크기 때문에 자칫 늑장을 부리다가는 몇 분 차이로 그 몇 배의 시간을 국숫집 문 앞에서 대기해야 하거나 발길을 돌려야 합니다. 무더운 날도 마찬가지입니다. 냉면집은 물론이고 매콤짭짤한 양념 셔벗(sherbet)이 덮인 물회에 말아 먹는 소면은 금세 배 속을 냉장고로 만들어버리기에 무더운 여름날 입맛의 발길은 자연스레 물회를 잘하는 식당으로 향하게 됩니다. 신 김치를 송송 썰어 넣고 도토리묵을 길쭉하게 칼질해 육수에 띄우고는 한가운데에 누룽지처럼 구수한 메밀국수를 똬리 틀어놓은 막국수 역시 더운 날의 입맛을 유혹합니다. 민통선 장단 콩을 곱게 갈아 냉장시킨 걸쭉한 콩 국물로 그릇 절반을 채워 손국수를 백사장으로 만든 콩국수는 고소

한 영양식이니 두말할 필요가 없습니다.

동아시아인들만큼 국수를 좋아하는 인류가 있을까 싶을 정도로 한민족을 비롯한 중국인들과 일본인들은 면(麵)을 참 좋아합니다. 물론 국수의 대표 재료인 밀은 중국을 통해 한반도에 들어와 일본 열도로 건너갔습니다. 그 역사의 기원은 더 거슬러 올라가야 하는데, 기원전 7천 년에 이미 메소포타미아에서 재배되던 야생종 밀이 기원전 1~2세기경에 서아시아로 연결된 실크로드를 따라 중국으로 건너갔다는 것입니다. 처음에는 그 밀을 반죽해 수제비 형태로 만들어 먹다가 가늘고 긴 면발로 만들어 먹었던 것은 후한시대부터랍니다. 국수 만드는 방법이 한반도에 전해진 것은 중국 송나라 때, 즉 우리의 삼국시대나 통일신라시대로 추정되지만 아직 발견된 기록은 없답니다. 기록으로는, 고려시대에 사원에서 제례를 지낼 때 면을 제사상에 올리고 판매도 했다고 『고려사』(高麗史)에 쓰여 있답니다.

제사상에 올렸으니 '면'은 그만큼 귀한 음식이었을 것으로 추정합니다. 조리하기가 어려운 게 아니라 밀이라는 곡물 자체가 귀했기에 당시의 국수는 제례나 귀족들의 잔칫날에나 내놓는 음식이었던 겁니다. 그런 전통이 오늘날까지 이어져 국수는 소박한 결혼식에서 하객에게 내놓는 한 끼니입니다. 그릇 중앙에 상투 튼 한 덩이 소면을 내려놓고 짭조름하고 따끈한 멸치국물을 부은 다음, 가늘게 채 썰어 볶은 호박과 당근, 유부 서너 개와 계란채 두

세 줄, 마지막으로 어긋어긋 썬 대파 한 숟가락과 마른 김 부스러기를 조금 집어 얹으면 완성되는 잔치국수가 그것입니다. 수십 인분을 준비해야 하는 국수로는 잔치국수야말로 가장 손쉽게 만들 수 있는 것이기도 합니다. 국어사전에는 한글로만 표기된 '국수'의 한자어는 掬水(움킬 국, 물 수)인데, 이는 끓는 물에 삶아낸 면을 찬물에 헹궈 건져 올리는 방식에서 지어진 이름이라니, 국수는 헹굼 과정이 없이 직접 끓이는 칼국수보다는 잔치국수, 비빔국수, 콩국수, 냉면, 막국수처럼 면을 삶은 후에 육수나 양념장을 첨가하는 게 본래의 방식인 듯합니다.

　　　　　　　　　　국숫집 얘기를 하려고 말을 꺼내자니 국수 자체의 얘기가 길어졌습니다. 국수마다 각각의 매력이 있지만, 저의 경우는 매콤한 비빔국수보다는 국물이 절반인 물국수를 더 좋아합니다. 무더운 날에는 당장 냉면이나 막국수나 콩국수에 마음이 가지만, 재작년 봄 결혼 기념 여행길에서 우연히 하동 섬진강 변에서 먹었던 재첩국수를 저는 잊지 못합니다. 섬진강이 바로 옆에 흐르는 간이식당 공터의 나무 그늘 들마루에 앉아 나무젓가락으로 음미했던 그날의 재첩국수는, 과장하자면 국수 반, 재첩 반이었습니다. 가격은 6천 원. 재첩을 우려낸 뽀얀 국물을 뒤덮고 있는, 잘게 썬 부추 위에 섬처럼 봉긋 솟은 소면에 얹어진 한 줌의 재첩 조갯살은 찔레꽃처럼 하얬습니다. 그날, 재첩국수 그릇을 깨끗이 비우자 저의 마음도 보얘졌습니다. 점심 즈음

우연의 행복이 기다랗게 만나는 곳

섬진강변을 여행하는 길손이 있다면 권하고 싶습니다. 그 길에서 재첩국수를 먹어보지 못한다면 하동을 절반만 다녀온 것으로 여기면 된다고 말한대도 지나친 말은 아닐 듯합니다.

이처럼 입맛을 일깨우면서 마음에 자리 잡는 국숫집은 때때로 낯선 길가에 있습니다. 6년 전 가을, 제가 거주하는 신도시 변두리의 시골 동네를 지날 때였습니다. 50미터쯤 거리에 허름한 가옥이 있었고 그 집 앞에 어린아이 키만 한 입간판이 서 있었습니다. 그곳에 붉은색 궁서체로 두 글자가 쓰여 있었습니다. 국수. 저녁식사를 하기에는 이른 시간이었지만 저의 제안에 지인과 저는 그 집 앞으로 걸어갔습니다. 작은 유리창을 통해 안쪽을 기웃거린 제가 말했습니다. "이 집, 뭔가 있어. 포스(force)가 느껴져. 들어가 봅시다." 아니나 다를까, 저는 그곳에서 이제껏 먹어본 최고의 잔치국수를 만났습니다. 가격은 3천 원. 호박과 당근만 조금 넣고 부친 '막전'도 한 장에 3천 원. 택배로 공급받는다는 상주 막걸리도 한 주전자에 3천 원. 그날 우리는 12,000원으로 국수와 막걸리와 부침개 안주를 배불리 먹었습니다. 또 아삭하면서도 청량감마저 감도는 배추김치에 자꾸 손이 가서 김치만 놓고도 막걸리 한 주전자는 더 비울 수 있을 정도였습니다.

그날 이후 그 국숫집은 택시를 타고서라도 종종 찾아가는 저의 단골집이 되었습니다. 맛과 값싼 음식값

이 14,000원인 왕복 택시비를 보상해주니까요. 다른 곳에서는 느낄 수 없는, 소박한 깊은 맛과 세월을 품은 정취와 호주머니의 만족감이 그 국숫집에 있기에 그곳이 생각나면 저는 주저하지 않았습니다. 그 국숫집의 포스는, 다소 투박하지만 경솔하지 않은 주인장 부부의 정직성에서 나온 것일 텝니다. 맛과 가격에 대한 손님의 기대에 정성과 합리적 이윤 윤리로 응답하는 주인장의 경영 태도가 그것이었습니다. 그 가치를 느끼거나 즐기는 손님은 저뿐만이 아닙니다. 그 외진 곳까지 일부러 찾아온 손님들로 테이블은 늘 절반은 차 있습니다. 그곳의 인기 비결은 무엇일까 생각해보았습니다. 주인장이 자신의 국숫집을, 자신이 손님이라면 찾아가고 싶은 곳으로 만들었기 때문이 아닐까 합니다.

✱ 덧말

어릴 때부터 유난히 열무김치를 좋아해서 저의 별명은 '열무'였습니다. 제 이름의 각운을 맞춘 별명이었죠. 여전히 저는 열무김치를 좋아합니다. 그래서 매해 초여름도 되기 전에 얼갈이배추를 곁들여 열무김치를 담급니다. 열무김치는 물김치로 담가야 더 맛있습니다. 열무국수를 만들 때도 그 김칫국은 핵심입니다. 김치가 익으면, 휴일마다 우리 집 점심 메뉴는 열무국수입니다. 과장하자면, 저는 아직 제가 만든 열무국수보다 더 맛있는 그것을 맛보지 못했습니다. 저의 열무국수는 열무김치뿐만 아니라 상추를 비롯해 여러 쌈 채소를 곁들입니다. 그리고 청량감을 위해 김칫국에 사이다 반 컵을 보탭니다. 따라서 설탕은 필요 없습니다.

"열무김치 담글 때는 임 생각이 절로 나서, 걱정 많은 이 심정을 흔들어 주나."라는 가사로 시작하는 가요가 있습니다. 「맹꽁이 타령」입니다. 1960년대 말에 나온 이 곡은 가수 박재란 씨가 처음 부른 이후에도 노랫말이 재밌고 가락이 흥겨워 한때는 주로 명절마다 TV에서 여러 가수가 불렀습니다. 저는 힘찬 비트(beat)를 더해 세련된 록 음악으로 편곡한 「맹꽁이 타령」을 더 좋아합니다. 그 곡은 독특한 음색의 가수 최진희 씨가 불렀는데 참 잘 어울립니다. 가사와 가락이 재미있어서 듣는 저의 귀가 좋아합니다. 특히 임을 그리워하는 마음의 표현에 "열무김치 담글 때"라는 뜬금없는 구체성이 있기에 그렇습니다. 원래 그리움의 정서는 예고 없이 부지불식간에 나타나는 거니까요.

하고많은 인연이 두 시간마다 돌아가며 사는 곳

*
영
화
관

여름 한복판입니다. 한밤에도 섭씨 30도에 턱걸이하는 기온이 한반도를 뒤덮고 있어서 벌써 보름 내내 거대한 대중목욕탕 안에 들어와 있는 것 같습니다. 그러니 남녀노소 전 국민이 시원한 데를 찾을 수밖에 없습니다. 에어컨이면 좋고 선풍기라도 마다하지 않습니다. 매미 소리 가득한 느티나무 그늘에서라면 시야가 트여 손부채만으로도 마음만은 시원하겠습니다. 해발 700미터쯤 되는 강원도 산속이나, 심심한 골짜기의 그늘진 계곡이나, 고드름 같은 종유석이 자라는 동굴 속이라면 공기 온도가 달라 피서에 마침맞겠지만, 그 밖의 야외에서는 체온보다 높은 된더위를 피하기 어렵습니다. 그래서 사람들은 차라리 에어컨이 가동된 곳을 피서지로 삼습니다. 동네 카페에 혼자 앉아 한나절 노트북에 집중해 있거나, 그곳에서 여럿이 모여 앉아 몇 시간이고 수다를 떨기도 하고, 공공 도서관을 찾아가 방학 숙제며 입시 공부를 하는가 하면, 평소라면 대출해서 곧바로 집으로 가져올 책을 그곳에서 펼쳐놓고 독서를 즐기기도 합니다.

다른 방법으로 두 시간쯤 무더위를 잊을 수 있는 곳이 있습니다. 영화관입니다. 굳이 서스펜스 영화가 아니더라도 영화관은 냉방 시설이 좋아서 금세 더위를 잊을 수 있습니다. 그러니 친구끼리 연인끼리 가족끼리 도시에서 더위를 피하기에는 영화관만 한 곳은 드뭅니다. 더구나 장르를 불문하고 흔쾌히 선택한 영화라면 영화에 몰두해 있는 시간만큼은 계절마저 잊을 수 있는 장점이 그곳에 있습니다. '영화에 몰두'한다는 말을 꺼내놓고 생각하자니, 실제로 영화 산업은 오늘날 우리 사회의 가장 영향력 있는 문화로 자리 잡은 지 오래되었습니다. 영화 산업이 대중문화의 중심에 자리한 지는 대략 20여 년쯤 되지 않았을까 합니다. 그 양상은 한국 영화의 제작 수준이 다양하게 진보하고, 동시에 그 산업이 활기를 띠고, 영화관의 시설이 좋아지면서 관람객의 호응을 받기 시작했던 1990년대와 나란히 걸어왔을 터입니다.

그 양상은 그 이전과의 비교에서 확인할 수 있습니다. 민주 사회가 움튼 1980년대 후반이 돼서야 우리나라는 '감시와 통제'에서 '시장 개방'으로 영화 정책이 바뀝니다. 한국 영화의 패러다임이 전환되기 시작한 것입니다. 또한, 기존의 이념 대결이나 신파 일색에서 벗어나 문화산업 자본에 힘입어 전문적인 영화 기술과 새로운 형상화로 연출과 제작 기술이 발전한 것도 영화가 대중

문화의 가운데 자리를 차지한 데 크게 이바지했습니다. 확인해보니, 인구 30만 이상 지역은 한국 영화와 외국 영화와의 교호 상영을 연간 상영 일수 2/5 이상으로 의무화한 스크린 쿼터제가 발효된 1980년대 중후반 이전에는 상영관에 걸렸던 상당수의 영화가 외화였습니다. 실제로 저의 경우엔 그 이전에 보았던 한국 영화는 '고교 얄개' 시리즈 몇 편 말고는 거의 기억나지 않습니다.

오래전 저의 선친께서는 종종 지인에게 초대권을 얻어 오셨습니다. 그것으로 저는 대여섯 살 터울의 누나와 형과 함께 초등학교 저학년 때부터 종종 영화를 관람했습니다. 지방 도시였지만 제법 큰 영화관이었던 '시민관'에서 우리는 모세의 기적을 다룬 「십계」에서부터 이소룡 주연의 「정무문」까지 당시 흥행했던 영화들은 거의 다 볼 수 있었습니다. 당시 꼬마 아이인 저는 영화관 좌석에 앉아 커다란 스크린에 시선을 고정해놓고 숨죽여 관람했습니다. 간혹 뒷자리에 앉으면 차르륵 차르륵 하며 영사기에서 필름이 감기는 소리도 함께 들렸습니다. 영사막을 비추는, 곧게 뻗는 아날로그 빛줄기는 담배연기를 통과하고 있었기에 영화관 공중에는 늘 희뿌연 안개가 피어올라 있었습니다. 그래도 영화는 잘 재현됐지만, 간혹 필름이 낡아 끊어지면 한동안 어둠 속에서 항의하는 휘파람과 야유 소리를 듣고 있어야 했습니다.

그래도 잠시 후엔 필름을 이어 붙여 영화는 계속되었기에 기다릴 만했습니다. 그보

다는 어린 관객으로서 가장 불편했던 것은 두 가지였습니다. 하나는 경사가 낮은 좌석 배열 때문에 앞사람의 뒤통수를 좌우로 피해가며 영사막을 찾아다녔던 것이고, 또 하나는 자막이었습니다. 세로로 쓰인 자막이 좀 길다 싶으면 번번이 영상을 놓쳤고, 영상에 빠져 있다 보면 자막은 기다려주지 않고 이내 사라졌습니다. 훗날 사회에서 만난 지인 역시 유년시절의 영화관 얘기를 하면서 '그래서 외화는 늘 두 번 봤다.'라며 제 얘기에 맞장구를 쳤습니다. 당시 저는 영화를 '한 번 반' 봤습니다. 영화관 앞에 가서야 상영 시간을 확인할 수 있었기에 그 시작 시간까지 기다리는 게 지루해 우리 남매는 곧장 검은 커튼을 젖히고 하나뿐인 상영관 안으로 들어갔습니다. 영화는 이미 상영 중이었고, 더듬더듬 빈자리를 찾아 앉아서는 맥락을 알 수 없는 앞부분 내용을 상상하며 관람했습니다. 영화가 끝나고 20여 분 후 또다시 상영이 시작되면 우리 남매는 우리가 보기 시작한 대목에서 고개를 끄덕이며 조용히 퇴장하거나, 재미에 빠져 이미 본 장면을 거듭 관람했습니다.

문학으로 치면 영화는 소설보다는 시에 가깝습니다. 영화는 줄거리를 보는 게 아니라 장면을 보는 것이기 때문입니다. 영화관을 나와서도 여러 날 동안 머릿속에서 맴도는 감흥은 인상적인 장면이 자꾸 떠오르기 때문입니다. 그리고 그것은 관람자가 미처 몰랐던 삶의 뒤편을 그 장면에서 발견했기 때문입니다. 그러기에 영화는 관람자가 다 살아볼 수 없는 다양한 인생의 스펙트럼을 보여줍니다. 그 재미에 우리는 영화를 보는 것일 터입니다. 그런 의미에서 모든 영화는 공상과학이든, 미스터리든, 멜로드라마든, 애니메이션이든, 다큐멘터리든 모두 인생에 관한 이야기입니다. '호랑이가 담배 피우던 시절……'로 시작하는, 세상의 모든 궁금한 이야기가 영화로 만들어지고, 영화 속 인물들은 관람객과 함께 두 시간 동안 영화관에서 삽니다. 『천일야화』에 심취했던 페르시아 왕뿐만 아니라 동서고금 모든 인류는 '이야기'가 있는 모든 인생에 눈과 귀와 마음을 기울이기 때문입니다. 그래서 문학평론가 고(故) 김현 선생의 말마따나 "호랑이가 담배를 끊으면 사람은 살맛이 안 난다."라고 말할 수 있는 것입니다.

✳ 덧말

왕자웨이의 영화 「화양연화」(花樣年華)의 말뜻처럼 '인생에서 가장 아름답고 행복한 순간'은 사람마다 다르게 찾아오나 봅니다. 쿠바 음악을 전 세계에 알린 다큐멘터리 영화 「Buena Vista Social Club」의 멤버 중 최고령이었던(영화 제작 당시 92세) 꼼파이 세군도(Compay Segundo)는 그 다큐멘터리 영화로 일약 스타가 된 후 어느 언론과의 인터뷰에서 이렇게 말했습니다. "누구나 꽃은 한번 핍니다. 그 꽃이 내게는 구십이 넘어서 피었을 뿐입니다."

그의 말대로라면, 화양연화가 아직 찾아오지 않은 사람들은 일단 오래 살고 볼 일입니다. 자신이 좋아해서 잘하는 일을 하면서 그날을 묵묵히 준비할 일입니다. 평생 이발사로 살면서 퇴근하면 매일 클럽에 나가 부단히 자기만의 음악 세계를 일궈온 꼼파이 세군도 할 아버지가 그랬듯 말입니다. 그가 직접 작사·작곡하고 본인이 만든 일곱 줄짜리 기타를 치며 노래 부른 「Amor de Loca Juventud」의 가사 일부는 이렇습니다. "한 소녀가 자기 이름을 나무에 새겼다네. 그 충격에 나무는 꽃을 떨구며 말했다네. 소녀야, 네 이름을 오래오래 간직하겠다. 너는 내 꽃의 행방을 알려다오." 저를 비롯한 많은 시인을 부끄럽게 하는, 진하게 아름다운 노랫말입니다.

신앙 없이도 눈속말을 하는 곳

✳

고
찰
(古
刹
)

어쩌다 낯선 지방에 갈 일이 생기면 저는 출발하기 전에 먼저 그 일대의 오래된 사찰을 검색해봅니다. 기왕이면 유적지도 둘러볼 요량으로 말입니다. 고찰(古刹) 말고도 국내 유적지는 고분, 성터, 고인돌, 역사 인물의 생가 등도 있지만, 우리나라의 많은 유적지는 고찰 자체이기 때문입니다. 멀게는 삼국시대부터 가깝게는 조선시대에 창건한 사찰에 가보면 '시간'에 새겨진 옛사람들의 문화가 느껴집니다. '시간 위에 앉아 서서히 늙어간 문화'가 유적이 아닐까 합니다. 그래서 저 같은 사람은 바로 그 현장인 고찰을 찾아가 아득한 시간과 그 시간의 궤적에 인간의 정신과 손길이 이룬 문화를 느껴보고 싶은 것입니다. 그리고 그곳이 어디든 그 배경에는 더 오랜 시간 동안 형성된 최초의 어머니인 자연생태가 함께하고 있어 더욱 좋습니다.

종교를 갖고 있지 않은 제가 고찰을 찾아가

는 이유는 그뿐입니다. 우리가 유럽 여행을 할 때 가톨릭 신자가 아니어도 탁월한 고딕 건축물을 보려고 중세 교회를 방문하는 이유와 같습니다. 그럼에도 고찰은 승려가 불도(佛道)를 닦는 곳이기도 하여 자신이 믿는 종교와 다르다는 이유로 방문을 꺼리는 사람들도 있습니다. 실제로 8년 전, 저는 가족 단위로 지인 가족과 함께 강원도 평창에 가서 1박 2일의 여행을 한 적이 있습니다. 평창 산중에서 하룻밤을 묵고 이튿날 귀경하기 전에 평창 일대를 둘러보려 할 때, 그곳까지 갔으니 저는 오랜만에 오대산의 월정사와 상원사에 다시 가보고 싶었습니다. 하지만 우리 일행은 훨씬 더 먼 경포대까지 다녀와야 했습니다. 일행 중 독실한 기독교도 신자 한 분이 그다지 내켜 하지 않았기 때문입니다.

고찰 등의 유적지를 방문할 때는 도란도란 얘기를 주고받을 수 있는 동행인이 있으면 더 좋습니다. 그가 역사문화에 대한 지식이 풍부한 지성인이면 더더욱 좋습니다. 잘 몰라도 미리 관련 정보를 조금 찾아보고 가면 새로운 즐거움을 발견할 수 있습니다. 또는 부지런한 관심이 뜻밖의 명소로 데려가 주기도 합니다. 5년 전에 우연히 처음 방문한 남원의 실상사(實相寺)가 그곳이었습니다. 간암에서 복막암으로 전이돼 남해에서 투병 중이던 지인을 시외버스를 타고 찾아가 이튿날에는 제가 지인의 차를 몰고 함께 귀경하던 길이었습니다. 다음번 요양을 지리산에서 하고 싶다는 지인의 말에 우리는 지리산 몇 곳을 둘러봤지만 헛걸음만 하고 일단 상경하려고 한적한 지리산 지방도로를 달리고 있었습니다. 넓은 계곡물이 보기 좋아 속도를 줄였는데 길가에 세워놓은 안내판이 눈에 들어왔습니다. 안내판에는 '신라 고찰'이라고 쓰여 있었습니다. 고려 때도 아니고 신라? 저는 주저 없이 그곳 주차장에 차를 세웠습니다. 9월말이었고 평일 오후 5시가 넘은 시간이었습니다.

　　　　　　　　　　　　　　　　매표를 하고 나니, 입장객이라고는 우리 둘뿐이었습니다. 오래전에 놓은 다리(해탈교)를 건너 들길을 따라가니 평지에 자리 잡은, 역사에 비해 소박해 보이는 실상사가 나타났습니다. 경내는 드넓지 않았지만 새로 손댄 것이 거의 없어 보여 고풍스러웠습니다. 높이가 70여 미터나 됐다는 목조탑은 오래전에 소실되어 간데없고 그 규모를 가늠할 만한 널찍한 목탑지만 세월을 다독이고 있었습니다. 단청을 하지 않아 더욱 수수하고 고즈넉해 보이는 보광전(普光殿)도 좋았고, 그곳 앞뜰에서 이승의 번민같이 굽은 나뭇가지를 갈래갈래 뻗은 반송(盤松)이 눈에 들어 천천히 에둘러 보았습니다. 그러다가 당시에는 가건물 상태여서 허접해 보였던 약사전(藥師殿) 자리로 우리는 다가갔습니다. 그저 흔한 창고에 지나지 않아 보였던 그곳에 왜 우리가 걸어갔는지 모르겠습니다. 만약 그때 그 자리에 가보지 않았더라면 그 후 5년이 지나서 제가 일부러 다시 실상사를 찾는 일은 없었을 텝니다. 그 가건물 내부를 보고는 저는 깜짝 놀랐기 때문

　　　　　　　　　　신앙 없이도 눈속말을 하는 곳

입니다.

　　철불(鐵佛)은 흔치 않습니다. 이전에 제가 강원도 철원의 도피안사와 충남 청양의 장곡사 두 곳 사찰에서 보았던 철제 불상의 규모와는 비교가 안 될 만큼의 커다란 철불이 그곳에 앉아 있었습니다. 앉은키가 3미터에 다다를 만큼 커다란 철제여래좌상(鐵造如來坐像)을 마주한 순간 저는 본연의 초월적 위엄을 느꼈습니다. 크기로만 친다면 속리산 법주사의 청동미륵대불이 33미터나 되니 훨씬 웅대하지만 단번에 주눅이 들 만큼의 진지한 위엄의 분위기는 통일신라시대에 주조된 실상사의 철불이 압도적이었습니다. 천 년의 세월 동안 그 철제여래좌상 앞에서 간절한 마음을 꺼내놓은 중생들이 얼마나 많았을까요. 저절로, 난생처음 저는 불상을 향해 절을 했습니다. 삼배를 하면서 동행인의 투병이 성공하길 기원했습니다. 신앙이 없기로는 마찬가지인 동행인도 저를 따라 절을 하고는 불전함에 지폐를 넣었습니다.

　　　　　　　　　　얼핏 보기엔 거기가 거기 같아 보이는 고찰에 가서 찬찬히 둘러보면, 곳곳마다 다른 시대와 색다른 자연환경에서 이룬 역사문화가 조금씩 다르기에 다양한 세부가 보입니다. 문틀마저 쇠못 하나 쓰지 않고 지은 전북 부안의 내소사 대웅보전에 닿은 손길의 촉감은 누군가의 삐걱거리는 마음을 세워줍니다. 경남 남해금산의 아찔한 암반 기슭에 세운 보리암에서 건너편의 아슬아슬한 바위들을 바라보면, "한

여자 돌 속에 묻혀 있었네"라는 이성복 시인의 시구가 떠올라 고개가 끄덕여집니다. 제가 5년 후 다시 실상사에 찾아갔을 때 새로 지은 약사전에 제대로 모신 철제여래좌상이 여전한 눈길로 세상을 응시하고 있었습니다. 그날 저는 5년 전처럼 철불의 정면을 마주하고는 투병에 승리한, 그날의 동행인이 건강히 잘 지내고 있다고 눈속말로 소식을 전했습니다.

✳ 덧말

'눈속말'이라는 낯선 낱말이 있습니다. 누군가의 귀에 소곤대는 말이 귓속말이면, 자기 마음을 누군가와 눈으로 주고받는 말은 눈속말입니다. 눈속말은 눈으로 하는 말이지만 실제로는 '언어'가 아닙니다. 그래서 상대의 눈빛과 표정만으로 마음을 읽어낼 수밖에 없습니다. 더구나 상대가 사람이 아니라 종교의 형상인 경우엔 과학적으로는 의사소통을 할 수 없습니다. 그럼에도 많은 종교인은 자신이 믿는 신의 형상을 바라보며 기도라는 형식으로 속말을 꺼내 기원합니다. 그 빎은 간절한 말입니다. 그 말을 초월적 존재가 들어주길 간절히 바라는 겁니다. 그러기에 소통 여부를 떠나 그런 눈속말은 숭고합니다.

　　제가 두 번째로 실상사를 방문한 그날도 철불을 바라보며 눈속말을 하였습니다. 여전히 신앙도 없이 말입니다. 며칠 후, 아내와 함께 산책하고 귀가하는 길에서 아내가 무심결에 노래를 흥얼거렸습니다. "사랑하는 나의 고향을 / 한번 떠나온 후에 / 날이 가고 달이 갈수록 / 내 맘속에 사무쳐." 그 스페인 민요「고향 생각」을 무심코 들었습니다. 그런데 그날 밤 왠지 잠이 오지 않아 발코니에 나가 서 있자니, 실상사 철불의 눈매 같은 그믐달이 눈속말을 하듯 저를 내려다보고 있었습니다. 마냥 바라보고 있다가 저도 모르게 방백처럼 흥얼거렸습니다. "자나 깨나 너의 생각 / 잊을 수가 없구나." 불쑥 목이 메어 멈췄습니다. 저는 눈속말조차 눌변인가 봅니다.

신앙 없이도 눈속말을 하는 곳

배웅이 마중을 소망하는 곳

*

철
도
역

평일 아침 8시. 아이의 노란 바지 주머니에서 색 구슬이 쏟아져 나오듯, 마을버스에서 줄지어 내린 한 무리의 사람들이 서둘러 역 광장을 지나 경의선 철도역으로 들어갑니다. 대다수는 출근길일 텝니다. 사람들은 에스컬레이터 계단에서조차 성큼성큼 걷습니다. "환승입니다." 자동 개찰구 곳곳에서 기계음이 연달아 들립니다. 플랫폼에 늘어선 사람들을 향해 멀리서 전동열차가 달려옵니다. 여덟 마디의 열차 옆구리가 열리자 소수의 승객이 내리고 다수의 승객이 승차합니다. 다시 제 몸통의 입을 다문 열차는 평행으로 길을 낸 철로를 따라 쇠바퀴를 굴립니다.

노선도를 보면 등나무 넝쿨 같은, 수도권 땅 안팎을 엮은 철도역과 지하철역의 평일 아침 풍경입니다. 그렇게 평일 아침마다 역(驛)을 떠났던 사람들이 저녁이 되면 다시 플랫폼으로 돌아와 뚜벅뚜벅 걷습니다. 어둠

내린 역 광장에서는 각자의 행로대로 걷는 행인들이 가로등을 지나면서 제 그림자들을 풍차 날개처럼 돌립니다. 그중 한 무리는 환승하려는 버스정류장에서 왼편으로 고개를 돌려 도로를 바라보며 시곗바늘처럼 멈춰 서 있습니다. 그러면 시침과 분침들 사이로 봄밤을 통과하는 바람이 불어와 행인들의 머리칼과 옷깃을 흐트러뜨립니다. 열차에서 내린 사람들이 초록 신호를 받아 서둘러 횡단보도를 건너고, 한쪽에서는 연이어 도착하는 마을버스들에 오르고 나면 다음 열차가 도착하기까지 역 광장은 한동안 한산합니다.

26년 전까지 제가 살았던 지방도시의 철도역 풍경은 요새와는 사뭇 달랐습니다. 그때도 근교로 통근, 통학하거나 나들이하는 승객들이 있었지만, 당시 철도역 매표소에서는 플랫폼 이용 방법을 잘 모르는 노인이나 어린 학생을 열차 안까지 배웅할 수 있도록 별도의 승강장 입장권을 판매하였습니다. 두꺼운 종이로 만든, 명함 1/3 크기의 입장권을 사 들고 배웅받는 승객을 열차 지정석에 앉히고 나서야 안도하는 사람들이 드물지 않았기 때문입니다. 반면에 주말에는 광장으로 이어진 대합실 출구 앞에서 까치발을 세워가며 하차한 승객을 기다려 마중하려는 사람들로 붐볐습니다. 그렇게 배웅과 마중의 살가운 현장이었던 당시의 철도역은 작별의 슬픔과 재회의 기쁨이 교차하는, 누군가는 먼 곳으로 떠나고 누군가는 멀리에서 당도하는, 명암이 대비되는 공간이었습니다.

20여 년 전, 저는 3년 동안 매주 서울과 대전을 오고 갔습니

배웅이 마중을 소망하는 곳

다. 주말 오후에 내려와 월요일 새벽 열차로 올라갔습니다. 토요일 낮에 대전역에 도착하면 역 출구 앞에서 기다리던 반가운 사람이 제게 코스모스 같은 손을 흔들며 서 있었습니다. 이틀 후 새벽 6시에는 다시 그곳 플랫폼에서 저는 일주일치 살림 가방을 어깨에 둘러메고 혼자 서울행 통일호 열차를 기다리며 우두커니 서 있었습니다. 기적 소리를 따라 고개를 돌리면 철로의 소실점에서 외눈박이 헤드라이트에 노란 불을 켠 열차가 마치 태곳적부터 그래왔다는 듯이 어김없이 다가왔습니다. 그럴 때면, 어느 역 광장에 한 사내가 걸어가다가 그대로 멈춰버린 석상(石像)이 서 있다는, 성윤석 시인의 시가 생각났습니다. 그 광장의 석상도 고향을 떠나기 싫어서 그곳 역 광장에 그대로 멈춰버렸을 듯싶었습니다.

제가 좋아하는, 『리디아의 정원』이라는 그림책의 소녀 주인공 리디아는 1930년대 미국 대공황 시기에 아빠가 실직하는 바람에 가족을 떠나, 먼 도시에서 빵집을 하는 외삼촌 집에서 일을 도와가며 몇 계절을 기숙합니다. 사랑하는 가족의 침울한 배웅을 받으며 소녀 리디아는 기차에 오릅니다. 그러고는 제 허리까지 닿는 몇 개의 짐 가방과 함께 낯선 도시 역에 내립니다. 난생처음 보는, 천장 높은 대합실의 커다란 규모에 어리둥절한 표정으로 혼자 서 있는 시골 소녀 모습의 그림이 눈에 선합니다. 양쪽으로 펼쳐진 페이지에 어두운 색채로 그린 그 대목의 그림에는 유일하게 아무런 글이 쓰여 있지 않습니다. 낯선 공간에 대한 두려움과 커다란

기차역이 주는 위화감에 주눅 든 소녀의 마음이 절제된 그림 한 컷에 고스란히 표현된 짠한 장면입니다.

그렇듯 철도역은 누군가에게는 못내 아쉬운 작별의 공간이기도 하고, 또 누군가에게는 낯선 불안감을 주는 얼떨떨한 장소이기도 합니다. 그리고 그곳은 평일이면 아침마다 허겁지겁 서둘러 떠나는 직장인들을 장전한 탄창 같기도 하고, 밤이면 눅눅한 식빵 같은 피로를 뒷목에 한 짐씩 지고 되돌아오는 사람들의 고달픈 통로이기도 합니다. 그러한 철도역은 행인은 많아도 역무원을 제외하고는 머무는 사람은 없는 곳이어서 언제나 떠나는 분들과 돌아오는 분들만 있는 장소입니다. 그 승객들을 태운 열차의 강철 바퀴가 은빛 선로를 달려와 멈추고는 이내 떠나는 곳입니다. 오늘 아침에도 앞선 역에서 달려오는 열차를 향해 플랫폼 먼발치에서 역무원이 X자 모양을 반복해 흰 깃발을 흔듭니다. 안전하니 진입하라는 표시입니다. '가위표'의 몸짓이 눈에 잘 띄어서 그러겠지만, 하필 가위표가 안전을 뜻하니 아이러니합니다. 그리고 보면, 잘못된 일이 우리 생활을 통과하는 경우가 많으니 역무원의 '가위표' 표시는 참 역설적입니다. 그럼에도, 삶을 휘젓는 듯한 역무원의 손짓은 어느 날 누군가에게는 반가운 마중의 눈웃음일 테고, 또 다른 이에게는 아릿한 배웅의 눈빛이겠습니다. 철도역, 그곳은 배웅이 마중을 소망하는 곳입니다.

배웅이 마중을 소망하는 곳

✱덧말

뻑뻑해진 눈을 비비며 일과를 마친 저녁, 시내버스를 갈아타고 지하철역에 당도하면 어디론가 바삐 걷는 행인들이 저를 앞질러 갑니다. 귀가를 재촉하는 걸음이기도 하겠고, 약속 장소로 이동하는 즐거운 발걸음이기도 하겠습니다. 그중 누군가는 야간에 일하기 위해 출근하는 분일지도 모르겠습니다. 저를 포함해 그 행로에 있는 분들은 어딘가로 떠나거나 돌아가야 하기에, 좋든 싫든 '지금-이곳'은 당장 떠나가야 할 구체적인 장소일 텝니다. 각자가 당도할 곳들은 각기 달라도 떠나는 장소는 같아서, 같은 시간대에 플랫폼에 모인 사람들은 묵묵히 전동열차를 기다리고 있습니다.

경의선 철도역에 내려 플랫폼을 걸어갈 때 가끔 뜬금없이 저는 어떤 노랫가락을 흥얼거립니다. 원어 가사를 몰라 콧노래로만 부릅니다. 그리스의 국민가요 「기차는 8시에 떠나네」(To Tréno Févgi Stis Októ)입니다. 아그네스 발차(Agnes Baltsa)의 노래로 흔히 알려져 있지만, 저는 마치 늦가을 빈 들녘에 퍼지는 기적(汽笛) 같은 음색으로 부른 마리아 파란투리(Maria Farantouri)의 노래가 더 좋습니다. 그녀는 이 곡의 첫 가수이기도 합니다. 이 노래는 8시발 기차를 타고 전장으로 떠나는 어느 젊은 레지스탕스를 배웅하는 여인의 비장한 예감을 담고 있습니다. "시간은 흘러가네. 슬픔을 태우고. 나는 운명에 우네."라며 독백으로 작별 인사하는 노래입니다. 저의 삶음은 그만큼 무겁지도 뜨겁지도 않습니다만, 저는 오늘도 무사히 철도역에 당도해 뚜벅뚜벅 귀가합니다.

배웅이 마중을 소망하는 곳

두 운명의 향방이 갈리는 곳

*

불과 이십여 년 전만 해도 편지는 이메일이 아니라 손편지였던 걸 생각하면 오늘날의 인터넷 문화는 가히 혁명적이지만 이제는 너무 당연하여 새삼스러울 것도 없습니다. 스마트폰 시대가 열린 후로는 이메일조차도 번거로워져 보통 그것은 주로 사무적 용도로나 쓰일 뿐, 사적인 의사소통은 대개 문자메시지나 SNS를 통해 문자나 이모티콘으로 실시간에 주고받습니다. 그 바람에 의사소통은 신속하고 간결해졌습니다. 더구나 송신한 메시지의 착신 여부까지 표시되는 세상이 되었으니, 예전 같으면 한눈에 반한 여학생을 뒤따라가 알아둔 집의 대문 우편함에 밤새 쓴 편지를 남몰래넣어 두고는 아는 것이라고는 명찰의 이름뿐이었던 당사자에게그 유치한 편지가 전달되었는지조차 알 수 없어 애태우던 심정에비하면 그야말로 격세지감이 따로 없습니다.

낯모르는 이의 마음을

자신의 우편함에서 발견하는 일은 (받아본 적이 없어서 알 수 없지만) 마음이 쓰여 괜히 멋쩍고 불편할지는 모르겠지만 그다지 불쾌하지는 않을 듯합니다. 누군가에게 호감을 받는다는 것은 상대가 스토커가 아니라면 언짢은 일은 아니기 때문일 텝니다. 하물며 사랑하는 이에게 받는 편지는 기쁘기 그지없습니다. 그것이 그리움을 담아 보낸 편지에 대한 사랑의 화답일 때, 연인이 주고받는 연서(戀書)는 가장 행복한 감정의 흔적이고 표현입니다. 그런데 간절하고 애틋한 러브 레터가 수년간 번번이 당사자에게 전달되지 않는다면 얼마나 안타깝고 기막힌 노릇일까요. 작년 가을에 어느 일간지에 실린 신문기사를 읽고 당시 저는 가슴이 먹먹했습니다. 반세기 만에 재회한 연인의 이야기에 관한 기사였습니다. 그 짠한 사연은 이렇습니다.

1967년, 당시 25세의 김판수 씨는 영국에서 유학하던 중 영화 공부를 하러 덴마크 헬싱외르로 건너가 1년간 유학했습니다. 그곳 대학에서 그는 22세의 핀란드 여학생 에텔 티칸데르를 만나 연인이 되었습니다. 그해에 코펜하겐 중앙역에서 여인과 헤어질 때 그가 주위를 아랑곳하지 않고 엉엉 울었다니 참 애잔했겠습니다. 사랑은 이어져 두 사람은 머나먼 이국에서 편지만으로 그리움과 사랑을 주고받았는데, 갑자기 김판수 씨가 당시 중앙정보부에 의해 자행된 유럽 유학생 간첩단 조작 사건에 엮여 억울한 누명을 쓴 채 5년 형을 받고 옥살이를 하게 됩니다. 그 사

두 운명의 향방이 갈리는 곳

실을 까맣게 몰랐던 핀란드 여인은 여전히 러브 레터를 보냈지만 그 편지는 그에게 전달되지 않았습니다. 기사에서는, 영어를 몰랐던 가족이 편지 내용을 몰라 그에게 전해주지 않았다지만, 기사를 읽으며 저는 아마도 편지가 옥살이와 관련된 내용이 아닐까 하는 가족의 우려 때문에 전달되지 않았을지도 모르겠다고 생각했습니다. 혹은 그의 부모가 러브 레터인 줄 알았더라도 엄혹한 현실 앞에서 낯선 외국인과의 사랑이 사치스런 감정이라고 치부했기 때문일지도 모르겠습니다. 그럼에도 여인의 편지는 수년간 그의 집 우편함에 당도했습니다.

1973년에 출소하고 나서 몇 년이나 지난 편지를 가족에게 전달받았지만 김판수 씨는 이미 끊긴 인연의 매듭을 이을 수가 없었답니다. 9남매의 장남이었던 그는 풍비박산된 집안을 당장 일으켜 세워야 했기 때문이었답니다. 도금 기술을 배우고 결혼을 하고 사업에도 성공한 그는 형 집행 후 48년이 지난 2015년 말에야 오랜 기다림 끝에 대법원에서 확정 무죄 선고를 받고 나서야 늘 마음속에 간직해둔 첫사랑을 찾았습니다. 다행히 2년 전에 페이스북을 통해 아득한 옛날 연인 에텔을 찾을 수 있었고 연락도 닿았습니다. 하지만 에텔의 답신은 1년이나 지나 받을 수 있었습니다.

"당신을 수천 번도 더 꿈꾸었던 나, 김판수예요."라는 메시지를 받은 그녀는 1년 후에야 이렇게 답신했습니다.

"나는 오랫동안 당신의 페이스북 메시지에 답장하는 것을 망설였어요. 왜냐하면 내 인생에 대한 부끄러움 때문이었어요. 나는 한 번도 성공적인 관계를 맺어본 적이 없고, 정상적인 가족생활도, 또 좋은 직업도 누려본 적이 없어요. 홀로 있다는 것이 내 삶의 지속적인 벗이에요. 아이 둘도 내가 혼자서 키웠어요."

마침내, 이국의 연인이었던 두 사람은 지난해 기사가 나오기 한 달 전에 코펜하겐에서 재회했습니다. 22세와 25세에 만나 눈물로 헤어졌던 청춘이 72세와 75세의 노인이 되어 이미 베어져버린 나무 둥치의 나이테를 사흘간 어루만졌습니다. 한창 사랑이 꽃피던 나무의 그루터기를 바라보며 이제는 되돌릴 수 없는 인생의 거리가 참 안타까웠겠습니다.

두 사람의 갈림길에는 두 개의 우편함이 있었습니다. 한때는 세상에서 가장 행복한 소식이 날아드는 둥지였던 두 우편함에 '지중해의 물빛 같은' 파랑새가 덴마크의 꽃을 물고 날아왔다가 한국의 꽃을 물고 날아갔었습니다. 그러나 어느 날부터 한국에 날아온 파랑새는 빈손으로 돌아갔습니다. 날이 가고 달이 가고 해가 가고 또 해가 가도록 파랑새는 편도로만 날아와 한국의 우편함에 점점 시드는 꽃을 내려놓고는 답신을 우두커니 기다리다가 세월 속으로 사라졌습니다.

셰익스피어의 희곡 「로미오와 줄리엣」에서도 애틋한 연인을 비극의 결말로 이끈 것은 강제의 이별과 그 상황에서의 오해였습니다. 추방되었음에도 목숨을 걸고 돌아온 로미오가 묘지에서 줄리엣이 죽은 줄만 알고 그 자리에서 자결하자, 여러 날 심신을 마비시켰던 약에서 깨어난 줄리엣이 자기 곁에 누운 그를 보고는 비애에 싸여 자신도 삶을 끊은 이야기 말입니다. 핀란드 여인 에텔도 한국에서의 연인 사정을 까맣게 몰랐기에 여러 오해도 했을 텝니다. 그녀의 애타고 답답한 마음 그늘이 그녀의 인생을 자꾸 어둠 속으로 인도하지 않았을까 싶습니다. 그녀의 모든 사랑이 이국의 우편함으로 모두 옮겨가 차곡차곡 쌓일수록 그녀의 우편함은 내내 어두컴컴하게 텅 비었을 테니 말입니다. 그러니 누군가의 우편함에서 누군가의 사랑이 고갈됐을 때 그 운명의 향방은 전혀 달라질 것입니다.

✱ 덧말

한 고장 출신인 로미오와 줄리엣은 가문의 갈등으로 비극을 맞았지만, 지구 저편에서 자라나 서로의 이국에서 운명처럼 만났던 20대 연인 한국인 김판수 씨와 핀란드인 에텔은 서슬 퍼런 독재 정권이 자행한 조작으로 영문도 모른 채 사랑과 인권과 인생을 빼앗겼습니다. 그 두 청춘은 비극의 앞뒤 맥락을 몰랐기에 더욱 불안하고 두렵고 비통했겠습니다. 꼬박 반세기가 지나 재회했지만 돌이킬 수 없는 인생이 참으로 통탄스러웠겠습니다.

유학 중이던 그 두 청춘이 덴마크 헬싱외르에서 만나 한창 사랑 꽃 피웠을 1968년에 개봉되었던 영화 「로미오와 줄리엣」을 그 연인이 함께 보았을까요? 당시 국내뿐만 아니라 전 세계적으로 워낙 유명했던 영화였기에 그랬을 듯도 합니다. 하지만 곧 닥칠 기나긴 작별의 운명은 알아차리지 못했을 테지요. 아이러니하게도 그 영화의 유명한 삽입곡 「A Time For Us」의 노랫말은 이렇게 시작합니다. "언젠가는 우리의 시간이 될 거야. 용기로 사슬이 끊어질 때 자유로운 세상이 태어날 거야. 오랫동안 항거했던 꿈이 넘쳐흐를 때 지금은 숨겨야 하는 사랑을 벗어 던지면서." 반세기가 지나서야 비로소 두 분은 노랫말의 그 '시간'을 맞았습니다. 하지만 동강 난 사랑은 이을 수 없었습니다. 50년이라는 시간이 이미 운명을 갈라놓았기 때문입니다.

얼룩말이 누워 불행을 경고하는 곳

*

횡
단
보
도

그날도 지하철역 1번 출구로 나오자마자 오른쪽으로 고개를 돌렸습니다. 습관이 된 저의 그 행동은 오른쪽 전방 100미터쯤에 있는 왕복 8차로의 교차로 신호등을 확인하려는 목적입니다. 붉은색이었습니다. 그 교차로에서는 3시 방향에서 9시 방향으로 자동차 행렬이 이어지고 있었습니다. 따라서 다음번 신호는 제가 건너갈 방향의 신호등에 초록 등불이 켜질 차례였습니다. 평일이면 아침마다 지나가는 길이기에 교차로의 신호 순서를 저절로 외우게 된 것입니다. 이번 신호에 건너기엔 시간이 부족하다고 판단한 저는 조금 여유 있게 걷고 있었습니다. 그 순간 갑자기 여성 한 분이 저를 앞질러 그 교차로를 향해 뛰어가기 시작했습니다. 단거리 육상선수라면 모를까 이번 신호에 횡단보도를 건너는 것은 어려워 보였습니다. 그럼에도 그 여성분은 크로스백을 어깨에 걸고는 참 열심히 달려갔습니다. 그사이 신호는 바뀌고 저의 예상대로 그분은 횡단보도용 초록 등불이 꺼질 때까지 교차로에 닿지 못했습니다.

직장인으로 보였던 그 여성분은 결국 저와 함께 3분가량을 기다려 다음번 신호를 받아 횡단보도를 건넜지만, 저는 걸었고 그분은 다시 전력 질주했습니다. 시간을 보니 08:58. 그분의 직장 위치는 모릅니다만, 여전히 열심히 달리며 작아지고 있는 그분의 뒷모습을 바라보면서 아마도 이삼 분은 지각하지 않았을까 싶었습니다. 만약에 그분이 직전 신호를 받아 횡단보도를 건넜다면 간신히 지각은 면하지 않았을까 싶은, 쓸데없는 생각을 하며 저도 출근했습니다. 그날 이후에도 그 시간이 되면 그 횡단보도에는 늘 여남은 명의 사람들이 신호등에 초록 등불이 켜지기를 기다리며 서 있습니다. 그러고는 신호가 바뀌면 그중 서너 명은 갑자기 육상선수가 됩니다. 그렇게 차도를 건너는 각각의 보행 속도는 각자의 규율의식 내지 각자가 소속된 직장 문화가 정할 텝니다. 그래서 출근길 직장 근처의 횡단보도를 어느 시간에 건너느냐에 따라 누군가는 직장에서 눈총을 맞기도 하겠습니다.

횡단보도는 보행자가 차도를 횡단할 수 있도록 안전 표시로 흰색 페인트를 차도 위에 칠해놓은 보행로입니다. 자동차들이 내달리는 차도를 가로지르는 횡단보도에는 신호 순서에 맞춰 보행할 수 있도록 설치한 신호등이 있기도 하고, 차도 폭과 교통량과 보행 빈도를 감안해 신호등을 설치하지 않은 곳도 있습니다. 그러기에 신호등이 없는 횡

단보도를 건너는 보행자가 있을 때는 보행자의 안전을 위해 보행자가 횡단보도를 건널 때까지 그곳을 지나는 모든 차량은 잠시 멈춰야 합니다. 그것은 도로교통법에 따른 사회적 약속입니다. 하지만 사고가 발생하면 법적인 책임과 처벌과 보상에 앞서 당장 신체적인 피해가 보행자가 훨씬 크기 때문인지 그 약속은 잘 지켜지지 않습니다. 그래서 보행자는 대개 횡단보도 앞에서 코뿔소보다 덩치가 더 큰 철갑을 입은 기계를 만나면 주춤거리기 마련이고 그사이 자동차라는 기계를 조종하는 많은 운전자는 사고가 일어날 것 같지 않다고 판단하면 그 지점을 보행자보다 먼저 통과하려고 가속페달을 밟곤 합니다.

또는 그런 의도는 없었지만, 운전자를 믿고 횡단보도를 건너는 보행자를 운전자가 미처 발견하지 못해 불행한 사고로 이어지는 경우도 적지 않습니다. 성급한 마음에서 비롯된 운전자의 부주의로 그런 사고가 발생하는 시간대는 주로 어두운 밤이나 날이 채 밝기 전의 새벽이랍니다. 그래서 요즘에는 광주광역시를 비롯해 일부 지방에서는 LED 조명 시설을 갖춘 횡단보도를 설치해 운영하고 있습니다. 이 시설은 신호등은 없지만 사고율이 높은 횡단보도 양쪽 네 귀퉁이에서 직사각형의 횡단보도를 향해 레이저 광선처럼 직선으로 뻗어나가는 초록빛 LED 조명을 비춤으로써 어두울 때 그곳을 통과하는 운전자에게 미리 경각심을 불러일으키는 효과가 있습니다. 이 좋은 아이디어는 8년 전

광주광역시의 한 공무원이 제안했답니다. 박수 받을 일입니다.

　작년부터 제가 거주하는 동네에 있는 모든 네거리 횡단보도의 교통신호 체계가 바뀌었습니다. 대개 시계 방향 순서로 한 군데씩 켜졌던 횡단보도의 초록 신호등이 보행자 신호 순서가 되면 사방에서 일제히 켜지는 것으로 바뀌었습니다. 그렇게 대각선으로도 도로를 횡단할 수 있게 되자 보행자들은 한 번 만에 편리하게 찻길을 건널 수 있게 되었습니다. 말 그대로 차도(車道)는 자동차들의 길이지만, 횡단보도만큼은 보행자의 길이기에 그 목적에 맞게 안전성과 효율성을 높이는 게 우선이겠습니다. 그런 점에서 모든 네거리의 횡단보도에는 한자로 정수리 신(囟) 자를 닮은 육방형 신호 체계로 운영하는 것이 더 효율적이라는 연구 결과도 있습니다. 효율성뿐만 아니라, 육방형 신호 체계에서는 교차로에 다가온 사방의 차량이 모두 멈춰야 하기에 보행자든 운전자든 심리적으로 안정되어 사고율도 한층 낮아졌답니다.

　　　　　　　　　　　　　　　　　　　　'얼룩말의 줄무늬가 흰색 바탕의 검은색 줄무늬인지, 검은색 바탕의 흰색 줄무늬인지'를 묻는 논술 문제가 오래전 도쿄대학교 입학시험에 출제되었답니다. 바탕색을 무엇으로 설정할 건지가 관점인 문제였습니다. 대개는 흰색을 바탕색으로 삼아 검정색 무늬를 연상하여 대답할 것입니다. 그런데 차도를 연상하면 그 반대가 됩니다. 아스팔트를 덮은 차도의 바탕색은 검정색이기 때문입니다. 사고가 나면 치명적인, 그래서 결코 넘어서면 안 되는 중앙선은 더욱 눈에 잘 띄라고 검정색의 보색인 노란색으로 그어져 있습니다. 횡단보도에는 검정색과 대비되는 흰색으로 칠해져 있습니다. 저에게 그 흰색 무늬는 얼룩말을 연상케 합니다. 그리고 오늘도 수많은 그곳을 천진한 아이들이 초원의 얼룩말처럼 뛰어다닙니다. 그곳이 불행한 현장이 되어서는 안 됩니다. 운전자가 얼룩말 줄무늬 같은 횡단보도를 통과할 때는 보행자와 자신과 양쪽 가족 모두를 위해 각별히 주의해야 합니다. 돌이킬 수 없는 느닷없는 불행은 얼마나 안타깝고 고통스럽겠습니까. 바로 그곳, 횡단보도는 흰 무늬 얼룩말이 누워 불행을 경고하는 곳입니다.

✱ 덧말

서두의 이야기로 돌아갑니다. 평일이면 대중교통을 이용하는 많은 직장인이 전동열차에서, 시내버스에서 내려 각자의 일터로 발걸음을 재촉합니다. 차도에 가로막혀 사회적 약속을 지키려고 순서를 기다리며 한 무리의 행인이 횡단보도에 멈춰 있습니다. 저도 일원이 되어 초록 신호등을 기다리며 음악을 듣습니다. 오래전, 팬에게 안타까움만 남기고 너무 일찍 해체된 록 그룹 레인보우의 명곡 「Catch the Rainbow」를 듣습니다. "우리는 무지개를 잡을 수 있을 거라고 믿었다."라고 노래는 읊조립니다. "하지만 삶은 강철로 된 체인 바퀴가 아니"기에 "축복을 빌어 달라"고 노래합니다. 몇 분 지각했다고, 힘껏 달려간 여성분이 차가운 눈으로 쏜 총에 맞지 않길 바랍니다. 그분은 신발짝이 벗겨질 정도로 최선을 다해 뛰어갔으니까요.

얼룩말이 누워 불행을 경고하는 곳

누구나 마지막으로 이사한 곳

*

묘
소

대개의 집안이 그렇듯이, 저희 집안도 한식(寒食) 즈음에 성묘합니다. 올해에도 선산에 다녀왔습니다. 매년 한식날인 4월 6일 전후의 일요일은 초봄이어서 바람에 겨울의 끝자락이 남아 있어서 제법 차갑습니다. 그래도 다들 겨울옷을 차려입은 조부모 자손들이 만나 반가운 인사를 나누고, 조상께 성묘하고, 양지바른 묘지 잔디에 둘러앉아 두어 시간 동안 다과도 즐기고 담소를 나누었습니다. 그래서인지 똑같은 산이어도 선산의 햇볕은 더 따뜻했습니다. 두 글자인 '선산'은 자음 'ㅅ'과 'ㄴ'은 같고, 모음 'ㅓ'와 'ㅏ'만 바뀌어 발음하기도 좋은 말입니다. '조상의 묘소들이 있는 산'을 뜻하는 선산(先山)은 과거 어느 때 조상 중 누군가가 혈연적 공공성을 위해 집안 공동체에 기증한 경우가 많았을 듯합니다. 오늘날에 비유하자면, 공익 재단의 부동산 같은 성격일 것입니다. 그러기에 여러 대를 이어 오랜 세월이 흘러도 선산은 특정인에게 사유

화되지 않고 문중 전체의 소유로서 대대손손 이어집니다.

이러한 장묘문화는 평지보다 산이 많아 산속에 고인을 모시는 우리 지형의 매장(埋葬) 양식에서 비롯됐을 것입니다. 유교 문화권이었던 우리 민족과 마찬가지로 서양의 기독교 사회에서도 매장을 했습니다. 과거에는 교회의 뒤뜰에 가문이나 가족 단위의 집단 묘지를 만들었습니다. 그곳에 돌문으로 이어지는 지하실을 만들어 각각의 석관(石棺)에 고인을 안치했습니다. 셰익스피어의 비극 「로미오와 줄리엣」을 보면, 결말에서 로미오가 독약을 마신 직후 줄리엣도 슬픔에 빠져 자살을 하는데, 그 공간이 바로 서양식 집단 묘지입니다. 오늘날 서양의 장묘문화도 과거와 대동소이합니다. 서양인들은 대개 마을이나 도시 단위로 집단 묘지를 운영합니다. 누구든 고인이 되면 국가나 지방자치단체 혹은 종교단체에서 운영하는 가족묘 단위의 집단 묘지에 안장하도록 법으로 규정하고 있답니다. 마을 단위에서는 마을 어귀에 집단 묘지를 마련하여 망인의 공간을 살아 있는 사람들의 생활공간과 떼놓지 않습니다. 도시의 공원묘지도 마찬가지여서 많은 가족이 나들이 가듯 꽃을 들고 망인을 찾아갑니다.

그밖에도 인류는 다양한 장례 방식으로 고인과 작별했습니다. 매장만큼 보편적인 장례법은 화장(火葬)입니다. 불교의 진원지인 인도에서부터 시작되어 오늘날까지 일반화되어 있습니다. 또한 현대에 들어와 유럽에서부터 자리 잡

누구나 마지막으로 이사한 곳

은 수목장(Natural Burials, 樹木葬)은 화장과 매장을 결합시킨 방식입니다. 수목장은 주검을 화장한 뒤 그 골회(骨灰)를 나무뿌리 주변에 묻는 자연 친화적 장례법입니다. 이는 인구 증가에 따른 묘지 부족 문제를 해결하기 위해 등장했습니다. 그리고 여전히 지구촌 일부에서는 주검을 나뭇가지나 바위 위에 놓아두어 자연 상태로 소실시키는 풍장(風葬) 방식도 있고, 주검을 바다나 강에 가라앉히는 수장(水葬) 문화도 남아 있습니다. 화장 후 뼛가루를 강물에 뿌리는 오늘날의 습속은 그 변형인 듯합니다. 또한 주검을 토막 내 독수리들에게 던져줌으로써 고인의 영혼이 하늘에 닿기를 기원하는 조장(鳥葬)은 네팔의 티베트인들의 장례법입니다.

집안의 장남이었던 저의 선친은 봄가을이면 종종 당신의 선친 묘소를 찾아갔습니다. 그곳은 제게 13대 조부모가 묻힌 선산은 아니었습니다. 저의 할아버지 묘소는 (할아버지의 유언대로) 시내버스를 타면 반시간이면 닿는 종점까지 가서 다시 완만한 산길을 한 시간쯤 걸어 올라가면 당도하는 산속에 있었습니다. 삼십여년 뒤, 할머니께서도 별세하시어 저의 선친께서는 두 분을 합장시키면서 할아버지의 묘소를 선산으로 이장했습니다. 이장하기 전이던, 제가 어릴 때 우리 가족은 일요일이면 가장(家長)을 따라 소풍을 가듯 종종 할아버지 묘소에 다녀왔습니다. 그 나들이가 소풍이라고 말할 수 있는 건 매번 이른 아침에 어머니께서 간장 양념에 재놓은 불고기와 취사도구를 륙색에 담아 둘러메고 갔기 때문

입니다. 당시엔 젊으셨던 선친은 막내인 네다섯 살배기였던 저까지 업고 가시느라고 땀깨나 흘리셨던 기억의 편린이 밤하늘의 아스라한 별빛처럼 제게 남아 있습니다. 그리고 그 맛! 묘소 바로 앞 큰 바위 아래 불 지핀 숯불 석쇠 위에서 지글지글 익었던, 달달하고 고소한 그 불고기 맛은 그 후 지금까지 어디에서도 다시 만날 수 없습니다.

넉넉지 않은 불고기는 자식들에게 양보하시고 정작 자신은 막소주 한잔을 입안에 털어 넣으시고는 양파나 당근에 젓가락을 가져가셨던 아버지께서도 작고하시어 당신의 부모 묘소 바로 아래에 묻히신 지 벌써 14년이 되었습니다. 저는 아버지 같은 효자도 아니거니와 선산에 인접한 지방에서 생활하지도 않아서 선친만큼 자주 성묘를 하지 못합니다. 고작 1년에 네 번쯤 형과 함께 어머니를 모시고 찾아가, 제단에 북어 한 마리 옆에 막걸리를 가득 채운 술잔을 올리고는 마음속으로 혼잣말을 하면서 천천히 재배(再拜)할 따름입니다. 그래도 선친 묘소에 가면 보랏빛 제비꽃에 내려앉은 봄볕이, 그런 제 머리도 가만히 쓰다듬어줍니다.

훗날, 그곳은 제가 마지막으로 이사한 집이 될 것입니다. 선친의 묘소는 저의 증조부모부터 시작해 조부모 네 형제 내외분이 줄지어 자리 잡은 산등성이의 끝자락이어서 더 이상 묘소를 마련할 공간이 없습니다. 그럼에도 부모님 곁에 함께 있고 싶은 우리 형제의 마음은 같아서 형과 저는 몇 해 전에 합의했습니다. 언젠가 어머니마저 돌아가시면, 그리고 우리 차례가 오면 합장한 부모님 묘소 봉분 옆에 해바라기 꽃 같은 한두 뼘 크기의 자리를 각각 마련하여 화장한 뼛가루로 묻히기로 한 것입니다. 우리 형제의 뜻이 대대로 이어진다면 부모님 묘소의 여분이 여러 대의 후손까지 묘소로 활용될 것입니다. 그날이 오면, 저는 다시 부모님 품으로 돌아갈 것입니다. 그렇게, 제가 네다섯 살배기 때보다 한결 가벼얍게 아버지 등에 다시 업힐 것을 생각하니, 마음이 쓸쓸히 흐뭇합니다.

✳ 덧말

선친께서는 애주가이셨습니다. 그러나 밖에서 술 드시는 날은 드물었습니다. 빈곤한 집안의 장남으로 태어나 학업도 포기하고 홀어머니와 여러 동생들을 챙기시느라고, 또 아내와 세 남매를 돌보시느라고 박봉 월급쟁이로서는 바깥 술자리를 자제할 수밖에 없었겠습니다. 어쩌다 초등학교 동창 모임이라도 있는 날조차 선친께서는 2차까지 동행하신 경우는 손에 꼽을 정도였습니다. 그래서 가끔은 2차마저 마쳤을 선친 친구분들이 섭섭했는지 우리 집을 3차로 삼으려고 대문 앞에 찾아와 거나해진 목소리로 친구 이름 대신 장남인 제

형의 이름을 불러대곤 했습니다. 이미 잠자리에 드신 제 할머니를 아랫목에 앉히시고 선친 친구분들이 일렬로 큰절을 올리는 사이, 제 어머니께서는 이튿날 아침거리로 준비해두셨을 동태찌개라도 끓여 술안주로 내놓으시려고 서둘러 부엌으로 종종걸음 하셨습니다.

두부라도 넉넉히 넣어 냄비에 끓여낸 동태찌개를 사이에 두고 선친과 친구분들은 소주잔 대신 각양의 유리컵에 한 가득 소주를 붓고는 치열(齒列)을 드러낸 채 웃으며 농을 주고받았습니다. 그러다가 한껏 흥이 오르면 밥상 모서리에 젓가락을 두드려가며 한 사람씩 돌아가며 노래를 불렀습니다. 선친의 차례에서 제가 몇 번 듣고서야 저는 고복수의 「짝사랑」이 선친의 애창곡임을 알았습니다. 세월이 흘러 선친이 별세하신 지도 14년이 지났습니다. 지난가을, 저는 바깥 술자리를 마치고 한적한 밤길을 걸어 귀가하다가 저도 모르게 노래를 흥얼거렸습니다. 그러다가 "이즈러진 조각달~ 강물도 출렁출렁 목이 멥니다." 대목에서 눈물이 핑 돌며 목이 메었습니다. 당시 지금의 제 나이셨을 30여 년 전 아버지께서 바로 같은 대목에서 목이 메이시는지 더 이상 발성을 못하시던 오래전 그날 밤처럼 말입니다.

'희망'이라는 상호를 떠오르게 하는 곳

맥
줏
집

우리나라 여름은 장마로 시작합니다. 기온은 장마 전부터 수은주를 높여놓지만 그래도 습도는 높지 않아서 대개는 그늘에 있으면 큰 더위는 피할 수 있습니다. 하지만 장마전선이 그물질하듯 한반도를 위아래로 훑으면서 마치 샤워기로 화장실 청소를 하듯 장맛비를 쏟아내면 습도마저 높아져 고온다습한 여름 날씨가 시작됩니다. 그즈음이면 맥주의 소비도 높아집니다. 바야흐로 맥주의 계절입니다. 맥주는 알코올 함량이 가장 적은 술이자 냉장시켜 마시는 술이기에 시원하게 들이켜 갈증을 풀기에 안성맞춤이기 때문입니다. 맥주에는 이산화탄소를 녹여낸 탄산까지 들어 있어서 청량감까지 더해져, 혀뿌리를 타고 넘어가는 동안 목젖과 식도는 짜릿합니다. 그 느낌을 대변하듯 "맥주의 첫 한 모금"이라는 프랑스 책 제목은 품질 좋은 맥주의 첫 모금을 상상하게 합니다.

맥주는 필스너, 바이젠, 둔켈, 에일 등, 재료와 제조법에 따라 그 맛이 제각각이지만 최적의 맛을 내는 온도는 대동소이합니다. 에일 맥주는 7~8도에서 제맛을 내지만 일반 맥주는 여름에는 3~4도, 겨울에는 5~6도가 적정합니다. 사실이 이런데도 날씨가 무덥다고 맥주를 마치 빙수처럼 너무 차갑게 내놓는 맥줏집에서는 맥주의 참맛을 느끼기 어렵습니다. 또한, 멸균된 병맥주와는 달리 생맥주는 효모가 살아 있기에 똑같은 제품이라도 관리를 어떻게 하느냐에 따라 맥줏집마다 그 맛과 품질은 큰 차이를 보입니다. 맛도 맛이거니와 생맥주 관리의 잘잘못에 따라 이튿날 아침 화장실에서의 신체 반응은 상반됩니다. 그리고 업소 운영을 잘하는 맥줏집은 병맥주든 생맥주든 손님에게 각각의 전용 잔을 내놓습니다. 제품마다 다른 전용 잔의 디자인은 단순히 모양만 멋지게 한 게 아닙니다. 잔의 입구가 좁거나 넓은 이유는 그 맥주의 성격을 반영해 제조했기 때문입니다. 그래서 저는 집에서 맥주를 마실 때도 병맥주든 캔맥주든 잔 없이 마시는 일은 없습니다. 잔을 채운 그 투명한 황금빛은 집에서든 밖에서든 아름답습니다. 특히 연중 낮 길이가 가장 긴 하지(夏至) 즈음의 초저녁에 약속 장소에 먼저 도착해 테라스에 앉아 맥주를 마주하고 있노라면 마치 창공의 석양 노을을 마시는 것 같습니다.

　　　　　　　늦은 밤 집에서, 갓 구운 생김에 간장만 놓고 마시는 맥주 맛도 좋지만, 그만큼 맥주를 좋아하는 사람은 대개 단골 맥줏집도 있기 마련입니다. 단골 여부는, 저의 경우에는 안주의 종류와 맛과 가격도 고려하지만 생맥주의 종류와 품질 관리야말로 중요한 잣대가 됩니다. 또 실내장식이나 음악 선곡 등의 분위기도 발걸음에 영향을 줍니다. 주인장이나 종업원의 접객 태도도 빠질 수 없습니다. 이 네 가지, 즉 맛과 가격과 분위기와 서비스의 총점이 저로서는 단골집으로 삼을지 말지를 결정해줍니다. 물론 그 평가와 배점 기준은 사람마다 입맛도 다양하고 취향도 다를 테니 손님에 따라 다를 것입니다.

재작년 여름, 우리 동네에 새로 생긴 열 평 남짓의 작은 맥줏집은 종업원 없이 부부 단둘이 경영합니다. 처음엔 'ㅇㅇ키친'이라고 한글로 써놓은 간판을 잘못 읽어 '치킨' 집으로 오해했음에도, 한적한 단독주택가에 위치한 데다 외관이 고즈넉하고 아담해 한눈에 들어왔습니다. 더구나 그 맥줏집은 한국산 생맥주 중에서 제가 가장 선호하는 제품의 홍보용 네온사인에 불을 밝히고 있었습니다. 누굴 만날일도 없었지만 이튿날 저는 그 맥줏집에 혼자 찾아갔습니다. 입구 안쪽 바닥에 이전 업소 상호가 흐릿하게 쓰여 있는 것으로 봐서 직전에 폐업한 브런치 카페의 인테리어를 그대로 재활용한 듯했습니다. 예닐곱 평쯤 되는 공간에 여섯 테이블이 오밀조밀하게 붙어 있었습니다. 생맥주 맛도 좋았고 안주도 저렴했고 식기도 청결했습니다. 착하디착해 보이는 남편 사장님은 주방 일을 도맡아 했고 마음씨 좋은 시골 아낙 같은 아내 사장님은 친절한 표정으로

'희망'이라는 상호를 떠오르게 하는 곳

홀을 책임졌습니다.

그날 이후 저는 종종 그곳에서 간단한 안주를 놓고 생맥주 서너 잔을 마십니다. 음향 시설이 썩 좋지는 않지만 개업 초기에는 손님이 별로 없어서 간혹 산울림이나 산타나(Santana) 등 (저로서는) 술맛 나는 음악을 신청해서 듣곤 했습니다. 다행히 날이 갈수록 그 맥줏집의 빈 테이블은 점점 손님들로 채워졌고 최근에는 갈 때마다 붐빕니다. 그러자 소음이 문제가 되었습니다. 어느 맥줏집이든 크든 작든 소음은 있기 마련이지만, 옆자리와 뒷자리에서 목청 좋은 손님들이 나누는 시시콜콜한 이야기를 어쩔 수 없이 듣게 되는 일은 유쾌하지 않습니다. 그러니 그럴 때는 차라리 음악 볼륨을 높여 실내를 음악소리로 장악하는 게 낫습니다. 음악소리가 커지면 의사소통하기 위해 테이블마다 손님들의 목소리도 덩달아 커지지만 큰 음악소리가 테이블 사이마다 음악의 장막을 펼쳐놓아 주변 테이블에서 노크도 없이 넘어오는 구체적인 이야기는 막아주기 때문입니다. 이 문제가 해결되지 않으면 저로서는 정든 맥줏집으로 향하는 발걸음이 언제까지 지속될지 모를 일입니다.

그럼에도 불구하고 현재 우리 동네에는 그만 한 맥줏집이 없습니다. 대부분의 맥줏집들이 프랜차이즈 치킨점이거니와, 독립적인 맥줏집 세 곳이 있지만 그중 두 곳은 안주와 생맥주가 저의 취향이 아니고, 한 해 전에는 가끔 방문했던

MENU
Pale Ale
Steinbier
Pale Lager
Rauchbier
Dunkel

다른 한 곳은 손님은 다소 한산하지만 생맥주 관리든 일부 안주든 분위기든 접객이든 그런 대로 괜찮았는데 최근에 문을 닫았습니다. 그 맥줏집은 나지막한 동산 공원 앞 어두운 길가에 자리했는데 최근 밤길을 산책하다가 바라보니 소등해 있었습니다. 그곳도 부부 단둘이 경영하는 맥줏집이었습니다. 불을 끄고 문을 닫고, 그 주인장 두 분은 어디로 사라졌을까요? 10년 전, 저의 직장 근처에서 세 자매가 경영하던 단골 맥줏집처럼, 어느 날 그 문 앞에 붙었던 부러운 안내문처럼, "스페인 여행 갑니다. 2주 후에 뵙겠습니다!" 같은 안내문이 붙어 있으면 좋으련만 말입니다.

✱ 덧말

저희 집에서 도보로 20분 걸리는 동네에 밤 8시 30분 이후에는 2차 술자리를 하려고 손님들이 제법 많이 찾아오는 유럽풍의 큰 맥줏집이 있습니다. 그곳은 다양한 수제 맥주 맛이 일품인데, 영국식 에일 맥주를 직접 만들어 판매합니다. 그 업소는 저녁 7시 20분 전에 맥주 두 잔을 주문하면 무료로 한 잔의 맥주를 서비스해 줍니다. 2+1인 셈입니다. 칼퇴근한 날 저는 가끔 그 맥줏집에 들러 두 잔 값으로 세 잔의 IPA(인디아 페일 에일) 맥주를 마시고 귀가합니다. 그 맥줏집의 기본 안주는 레몬즙으로 희석한 옅은 간장과 함께 내놓는 (방금

'희망'이라는 상호를 떠오르게 하는 곳

구운) 김 한 장입니다. 그것만으로 저는 맥주 한 잔을 마십니다. 나머지 두 잔의 맥주는 축축하게 숙성된 먹태 반 마리와 땅콩 한 줌을 주문해 저의 입을 더욱 즐겁게 합니다.

사방의 고급 스피커에서는 날씨의 결에 맞춰 연주 좋은 음악들이 연이어 선곡됩니다. 비 오는 날에는 쳇 베이커(Chet Baker)의 재즈 「My Funny Valentine」이 나오고, 화창한 날에는 산타나의 「Smooth」 같은 라틴 록음악들도 흘러나옵니다. 그런 음악으로 귀와 마음을 호강시키며 저는 적당히 시원하고 향긋하면서도 쌉싸래한 IPA 맥주를 홀짝입니다. 스마트폰의 메모 앱을 열어놓고 밀린 원고를 쓰면서 말입니다. 그렇게 한 시간 남짓 앉아 있다가 저는 5%의 마일리지를 적립하면서 20,000원의 계산을 치릅니다. 그러고는 잠시 덕담을 주고받은 주인장의 눈웃음을 등 뒤에 두고 맥줏집을 나서서 귓전에 남은 음악을 흥얼거리며 천천히 걸어 귀가합니다. 그 맥줏집 이름은 '희망'입니다. 그 상호가 '희망'인 까닭은, 아직 한 번도 가본 적 없지만, 현실에서 제가 좋아하는 몇몇 맥줏집의 장점만을 합해놓은 곳이기 때문입니다. 어딘가에는 있을 법한, 그런 맥줏집의 단골손님이 되고 싶습니다.

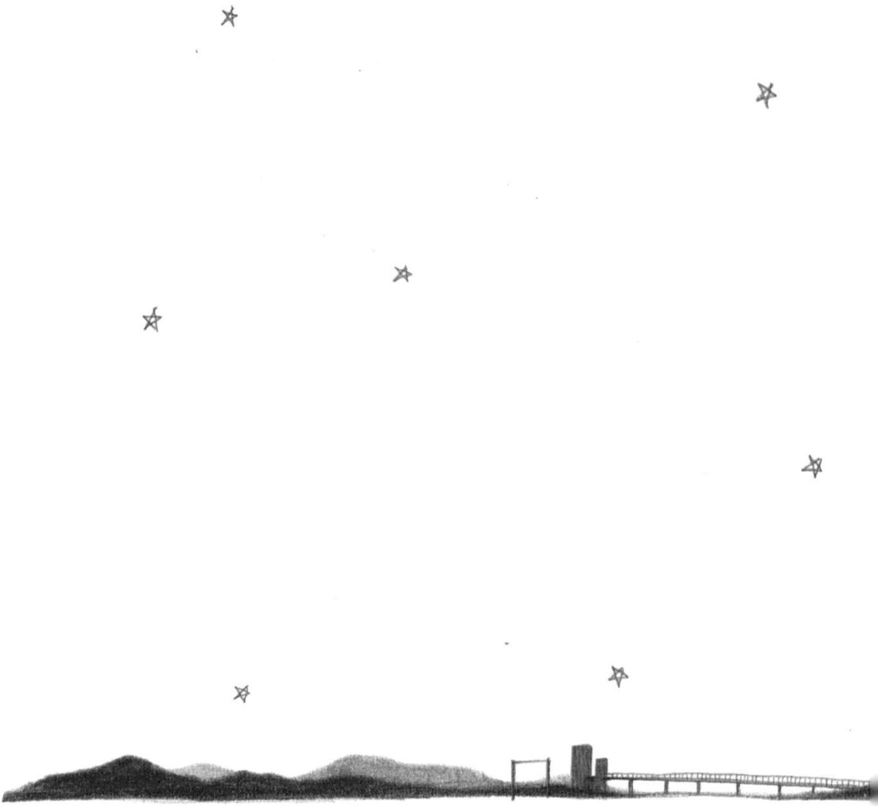

2부

곳
곳

아무짝에도 쓸모없지만 꼭 필요한 곳

✱

집
골
목

단독주택들로 마을을 이룬 오래된 동네에는 어디든 골목집이 있습니다. 그리고 골목집은 하나같이 담장을 경계로 사방에 이웃집들에 둘러싸여 있습니다. 그래서 외부로 드나들 수 있는 유일한 통로는 집골목뿐입니다. 그런 골목집은 그 동네에서 가장 오래전에 터를 잡은 집입니다. 맨 먼저 터를 잡은 이후 그 집을 가운데 두고 전후좌우로 하나씩 이웃집들이 자리를 잡으면서 집골목이 생긴 것입니다. 저의 조부께서 지은 집이 그렇게 골목집이 되었습니다. 그 집에서 저는 네 살 때부터 이십사 년을 살았습니다. 대지는 육십 평이었지만 기와지붕을 얹은 건평은 스무 평가량 되었습니다. 장독대를 이고 있던 세면장과 마당 귀퉁이의 변소와 연탄창고가 있던 뒤꼍을 포함한 앞마당이 삼십 평쯤 되었으니, 늦가을이면 연탄을 실은 리어카가 빠듯이 드나들 수 있는 넓이의 집골목의 평수는 열 평가량이었습니다. 그러니 실제로 활용할 수 있는 대지는 오십 평쯤 되었습니다.

　　　　　　동네로 드나드는 통로로만 쓰였던 그 쓸모없는 집골목이 허전해 보였는지 봄이 오면 저의 할머니께서는 긴 골목의 담장 아래에 깨꽃을 나란히 심으셨습니다. 지구 반대편의 브라질이 원산지인 깨꽃의 원어명은 salvia이고 외래어 표기법으로는 '샐비어'지만 그 꽃을 우리 가족은 '사루비아'라고 불렀습니다. 할미니 덕분에 해마다 초여름부터 초가을까지 깨꽃은 골목 양쪽 가장자리에 진홍색으로 나열했습니다. 깨꽃 말고도 우리 집 마당에는 백합, 달리아, 채송화, 봉선화, 백일홍, 철쭉 등의 꽃식물들이 계절마다 같은 자리를 차지하고 있었지만, 어린 저는 깨꽃을 좋아했습니다. 이유는 단 하나, 새끼손가락 길이의 가느다란 꽃잎을 따면 그 속에 든 설탕물처럼 달짝지근한 수액을 빨아먹을 수 있기 때문이었습니다. 유년의 저는 그 단맛이 좋아 집골목을 지날 때마다 자주 꽃잎을 따서는 수액을 빨아먹곤 했습니다.

　우리 집골목은 우리 가족에게는 그저 집 안팎으로 드나드는 고즈넉한 통행로였지만 어린 제게는 놀이기구 없는 놀이터였습니다. 훗날에는 선친께서 그곳에 팔각형 보도블록을 깔아 궂은 날에도 질척이지 않았지만, 이전에는 흙바닥이었기에 맨땅에서 하는 놀이는 누구의 간섭도 받지 않아서 제가 끼어 있는 한 우리 집골목은 동네 아이들의 아지트였습니다. 그런 날은 모여든 아이들이 당장 저를 따라 깨꽃 꽃잎의 수액을 빨아대는 바람에 꽃밭을 맴도는 꿀벌들에겐 수난이었습니다. 그 즐거움은 날씨가 무더워지기 전까지였습니다. 한여름이 되면 집골목에 그늘 질 시간에 모인 아이들이 각자 집에서 접어온 정사각형 딱지를 한 움큼씩 내놓았습니다. 그중에는 각자 대표 선수가 한두 개씩은 있었는데 그것은 달력 같은 두꺼운 종이로 접은 '갑빠'(크고 두툼한 딱지. 남성의 멋진 가슴 근육에 비유한 속어)였습니다. 갑빠로 내려칠 때마다 맨바닥에서 배를 내놓고 뒤집어지는 잔챙이 딱지를 따먹는 재미에 아이들은 밥때가 지나는 것도 모르고 제 장딴지 안쪽이 벌겋게 되도록 딱지를 치며 집골목에 감탄사를 늘어놓았습니다.

집골목에서의 놀이는 이제는 모두 기억나지 않을 만큼 숱했습니다. 계절에 따라 놀이 종목은 바뀌었습니다. 봄가을에는 주로 선생님이 쓰다 버린 몽당 분필을 주워 와 금을 그어놓고 팔방놀이를 하거나 동네 길가에서 주운 납작한 돌멩이로 비석치기를 했고, 겨울에는 저마다 호주머니에 불룩이 챙겨온 구슬을 꺼내놓고는 딴치기, 삼각형, 구멍파기 등 여러 형식의 구슬치기에 여념 없었습니다. 또 한겨울에는 나무 팽이 윗면에 크레용으로 형형색색을 칠한 팽이들을 추돌시켜 언 땅에서 팽이싸움을 시켰습니다. 그러다가 설 명절이 지나면 어김없이 찾아오는 (우리 동네에서는 '띠기'라고 불렀던) '달고나' 할아버지께 달려가 세뱃돈과 달고나를 맞바꿨습니다. 처음에 저는 주로 별 모양이나 저고리 모양을 선호했는데 나중에는 1자형

문양이 떼어내기 쉬운 걸 알고는 보너스를 받기 위해 달고나를 들고 우리 집골목에 혼자 앉아서 촛불에 달군 바늘을 이용해 성공률을 높였습니다.

집골목에서의 환희는 가정에도 있었습니다. 평생 부모형제와 처자식을 위해 헌신하셨던 선친께서 드물게 외식을 하고 귀가하시는 날이면 본인만 맛난 식사를 하여 미안하셨는지, 그럴 때마다 전기구이 통닭을 사 들고 귀가하셨습니다. 집골목 대문 밖에서 늘 '삑! 삑!' 하고 초인종을 연속 두 번 눌러 본인임을 알리시는 분은 선친이었습니다. 대문을 열어드리기 위해 슬리퍼를 끌고 뛰어나가면 이미 집골목을 걸어 들어온 통닭 냄새가 어린 저를 맞이했습니다. 그럴 때마다 저는 아버지의 귀가가 자주 늦어지길 바랐지만 (선친의 주머니 사정으로) 그런 날은 드물었습니다. 하지만 어쩌다 그날이 오면 아버지 손에는 늘 통닭이나 투게더 아이스크림 한 통이 들려 있었습니다.

그 후, 일부러 장대비를 흠뻑 맞고 귀가하던 사춘기를 지나, 연서가 배달되었는지 궁금해 매일 집골목을 오가며 우체통을 열어보던 청년기를 지나, 직장생활을 하느라고 집을 떠난 후 일 년쯤 지나서는, 우리 가족은 더 이상 우리 집 집골목을 밟을 수 없었습니다. 낡은 집이었지만 마당이 넓고 집골목이 길어 빨래를 널기에 안성맞춤이라는 세탁소 주인이 우리 집을 샀기 때문이었습니다. 그해 7월 초순에 이사했으니 집

골목의 깨꽃은 한창이었을 텝니다. 집골목 양쪽에 빨랫줄이 오선지처럼 그어졌겠지만 꽃에만 몰두한 벌들은 분주했을 텝니다. 이듬해에도 깨꽃은 피었을까? 세탁 일에도 분주했을 새 집주인이 한해살이 꽃씨를 챙겨 전 주인처럼 집골목을 환히 불 밝혔을까? 여전히 여름이면 잔치를 벌이듯 꿀벌들이 집골목에 날아와 아침부터 해거름까지 날갯짓으로 재잘댔을까? 궁금했지만 알 수 없었습니다. 느닷없이 소식이 끊겨 내내 텅 빈 우체통처럼 이미 지는 그곳에 없었으니 말입니다.

✳ 덧말

낮이면 조용하면서도 분주했던 그 시절 우리 집 집골목은 밤이 되면 적요했습니다. 엄하셨던 선친께서 정한 통행금지 시간이 밤 10시였기 때문입니다. 동화 속 장면이라면 심심한 집골목이 달빛을 불러들여, 천천히 담벼락을 친구 삼아 옅은 그림자놀이라도 했겠습니다. 달빛마저 구름에 가려 적막한 겨울날이면 집골목은 눈구름을 꼬드겨 함박눈을 받아내기도 했겠습니다. 그러면서 눈구름이 쏟아내는 눈발의 이야기들을 차곡차곡 쌓아 들으며 하얗게 밤을 새웠겠습니다. "한밤중에 눈이 내리네, 소리도 없이. 가만히 눈 감고 귀 기울이면 까마득히 먼 데서 눈 맞는 소리. 흰 벌판 언덕에 눈 쌓이는 소리." 왈츠

아무짝에도 쓸모없지만 꼭 필요한 곳

박자에 맞춰 나지막이 부르는 송창식 씨의 「밤눈」 노랫말처럼 말입니다. 그러다가 눈보라처럼 고조되는 다음 대목에서는 이후의 이야기가 궁금해졌겠습니다. "눈발을 흩이고 옛얘길 꺼내 아직 얼지 않았거든 들고 오리다. 아니면 다시는 오지도 않지."라며 결의의 어조로 노래하니까요. 그렇게 집골목과 밤눈이 아무도 모르게 쌓아놓은 새하얀 이야기꽃들을 쓸어내는 일은 우리 집 남자들의 몫이었습니다. 이튿날 새벽, 날이 밝기도 전에 우리 형제는 아버지를 따라 마당이며 집골목에 소복이 쌓여 아무도 밟지 않은 눈에 창공을 내딛는 깃털 모양으로 비질을 했으니까요.

밤하늘에 눈을 씻는 곳

펜
션

직장 구성원의 화합을 위해 도시 근교나 더 먼 지역으로 떠나 업무와는 무관하게 정서적으로 어울리는 것을 야유회 혹은 워크숍이라고 하지요. 야유회는 산, 들, 강, 바다 등의 야외에서 단체가 어울려 오락하는 일이고, 우리말로 '공동 연수'라고 부르는 워크숍은 구성원의 교육과 훈련이 목적이기에 개념적으로는 야유회와는 다릅니다. 그러나 그야말로 연수(研修)를 위해 체계적인 프로그램을 별도로 마련하지 않는 경우에는 워크숍과 야유회는 현실적으로는 거의 비슷한 의미로 쓰이고 있습니다.

친구끼리 자유롭게 여행할 때는 여기저기 다니며 여행지에서 많은 시간을 보내기에 숙소는 그야말로 잠자리여서 경비도 아낄 겸 대개는 모텔이나 게스트하우스나 에어비앤비를 이용하곤 합니다. 반면에 단합 활동이 목적인 야유회나 워크숍은 단체의 어울림에 집중해야 하기에 여러 즐길 거리를 갖춘 숙소에서 음식을 함께 만들어 먹거나 레포츠를 하는 등 다양한 활동이 가능한 콘도미니엄이나 펜션을 찾는 경우가 많은 듯합니다. 그중 펜션은 콘도미니엄보다 전원적이고 소규모로 운영할 수 있어서 약 20년 전부터 국내에도 곳곳에 많이 생겨나 있습니다.

펜션의 역사는 그리 길지 않습니다. 전통적 숙소인 호텔 운영 방식에, 가정집 분위기의 민박을 접목한 새로운 숙박 시설로 서양에서부터 생겨난 펜션(pension)은 원래는 연금(年金)이라는 뜻입니다. 유럽에서 연금을 받는 노인들이 민박 사업을 하며 여생을 보내는 데서 그 뜻이 변용돼 굳어졌습니다. 따라서 펜션은 여행자 그룹을 위해 오래전부터 유럽에 있었던 민박이 변형된 형태로서 편의시설을 갖춘 비교적 청결한 숙소이며 대개는 한 가족이 경영합니다. 프랑스나 독일에서는 이미 전체 숙박 시설의 3할 이상을 차지할 정도로 광범위하게 자리 잡고 있다고 합니다.

지난달 말에 저도 회사 직원들과 함께 1박 2일로 강원도 평창에 있는 펜션에 다녀왔습니다. 해발 700m 높이에 자리 잡은 펜션에 도착하니, 새로 부임한 사장이 왜 그 펜션을 직접 골라 예약했는지 알 수 있었습니다. 사장의 활달한 성격을 잘 반영해주는 펜션이었으니까요. 최근에 두 회사가 한 사무실로 합쳐 새로운 시스템에서 직장생활을 함께 하게 되었으니, 구성원 아홉 명의 첫

워크숍의 목적은 단연 정서적 교감으로의 '단합'이었습니다. 그 점에서 그 펜션의 환경과 시설은 안성맞춤이었습니다.

하오 4시경.

체크인을 마친 우리는 아래편 마당에 나와 족구를 했습니다. 장년/중년 세대 간 아이스크림 내기 경기였습니다. 이후 우리는 왕복 한 시간 반 거리의 둘레길로 산책을 나섰습니다. S자로 거듭 휘어진 완만한 길을 따라 천천히 함께 걸었습니다. 남부는 물론 수도권에서는 벚꽃이 진 지 보름 이상이나 지났지만, 해발 700m 높이의 산길에는 벚꽃뿐만 아니라 개나리며 진달래, 살구꽃들이 연둣빛 신록 사이사이에 일제히 피어 있었습니다. 길가마다 쑥과 민들레가 지천인 길을 거슬러 우리는 펜션으로 돌아왔습니다. 그 사이 직원들은 석양의 턱밑에서 짙어가는 한적한 숲길을 나란히 걸으며 새하얀 조팝나무 같은 이야기꽃을 피웠습니다.

저녁 7시경.

우리는 펜션 별채 식당에서 소고기 등심 구이로 술자리 겸 저녁 식사를 했습니다. 맥주로 갈증을 풀자마자 사장이 준비해온 싱글 몰트 위스키를 주고받으며 쾌적한 봄밤 풍경 속에서 화담(和談)을 나눴습니다. 이후 숙소에 들어와서는 농담을 안주 삼아 다양한 세계 맥주를 골라 손에 쥐었습니다. 자정이 지나자 잠자리에 들려고 하나둘 방으로 분산돼 들어가고, 친구인 사장과 저는 고요한 마당을 거닐었습니다. 그리고 보았습니다, 하늘에 빼곡히 차린 별들의 잔치를! 거대한 우주에 흐르는 은하수가 맨눈에 보였습니다. 우리는 잠시 말없이 밤하늘에 눈을 씻었습니다.

이튿날 새벽 5시 반. 공기 좋은 산속의 장점은 숙취가 없다는 것입니다. 제가 샤워하는 사이 벌써 설거지를 마친 사장과 함께 저는 잠든 직원들이 깰까 봐 조용히 현관문을 열고 나와 전날의 산책로를 다시 다녀왔습니다. 8시에 별채 식당에 차려진 조찬은 제가 바깥에서 먹어본 가장 맛있는 아침밥이었습니다. 시래기 밥에 북엇국, 고등어구이, 계란말이, 총각김치 등이 모두 맛있었지만 그중 주인장이 산에서 직접 채취한 '엄나무 순 무침'은 평생 잊을 수 없을 듯합니다. 곧이어 떡메 치기가 시작됐습니다. 한 솥의 찹쌀밥이 떡판에 투하되자 우리는 돌아가며 떡메를 쳤습니다. 저는 전통 방식의 인절미가 어떻게 만들어지는지 그제야 처음 알게 되었고, 이미 배가 불렀음에도 방금 만들어진 쑥떡이 너무 맛있어서 저의 입은 여러 번 거절하지 못했습니다.

사장과 직원들이 한 시간 반가량 산길을 따라 사륜 오토바이(ATV)까지 타고 나서야 우리는 체크아웃을 했습니다. 펜션에 머문 시간은 20시간 정도였지만 그사이 우리는 갖가지 경험을 했습니다. 만약 2박을 했다면 아마도 승마와 패러글라이딩까지 즐겼을 것입니다. 또 눈 내린 겨울이었다면 시베리아 허스키들이 끄는 눈썰매도 타보았을 텝니다. 그런 점에서 우리가 찾아간 펜션은 작은 공동체의 화합을 위해서는 최적의 장소였습니다.

우리는 살아가면서 세상 여러 곳으로 여행도 떠나고 야유회나 워크숍도 다녀옵니다. 하지만 한번 다녀간 펜션을 거듭 찾는 경우는 드뭅니다. 아직 가보지 않은 곳이 많기 때문입니다. 그럼에도 마음에 이끌려 재방문하는 곳이 있다면 방문자에게도 주인장에게도 흐뭇한 재회일 텝니다. 우리가 떠나는 차창 밖에서 모자를 벗어 흔들어 보이던 펜션 주인장의 목련 같은 웃음이 제 마음에 남아 있습니다. 평생 단 한 번인 만남은 흔합니다. 훗날 꼭 다시 가고 싶은 펜션이 제겐 두 곳이 있습니다. 그중 한 곳은 벌써 추억이 된, 이 글 속의 감자꽃 같은 펜션입니다.

✱ 덧말

30년 전, 마을 어귀에서 십 분만 걸어 나가면 강폭이 제법 큰 금강이 흐르는 시골에 놀러 갔었습니다. 비단 금(錦) 자를 쓰는 금강은 강물 깊이에 따라 다채로운 색깔을 보여서 금강(錦江)이라고 불린다며, 아는 체를 하면서 문학 동아리 후배들을 인솔해 1박 2일 야유회를 갔던 겁니다. 민박집 마당에서 꽁치 통조림으로 김치찌개를 끓여 먹으며 늦은 밤까지 도란도란 문학 이야기를 하고 있자니, 금강보다 화려한 은하수가 비단 물결을 펼치며 우리를 내려다보고 있었습니다. 그렇게, 30년 전 강변 마을에 지상의 강물과 우주의 강물 사이에 어떤 청춘이 있었습니다.

　　　　　　그날 이후 한 세대가 지난 오늘은 아침부터, '이제 진짜 여름이 시작되었다.'며 나뭇잎마다 난타를 쳐대는 장마 폭우가 내립니다. 그리고 요란한 빗소리 사이로 노랫소리가 들립니다. "반딧불 춤추던 곳에 앉아 밤새껏 웃음을 나눴지. 휘둥그레진 눈빛 사이로 들어오는 찬란한 빛의 움직임조차 하염없이 가다보면 어느새 한 움큼 손에 쥐어진 세상들 설레임들……" 강허달림의 「기다림, 설레임」입니다. 가만히 듣고 있자니, 30년 전 그날 밤 청춘의 눈앞에 현기증을 일으켰던 은하수가 마음속에 병풍을 펼칩니다. 그날의 별빛들은 이미 수만 광년 전에 발했던 빛의 현상이었으니, 그 아득한 시간에 비하면 저의 30년은 그날 그대로일 텝니다.

즐거움을 준비하는 즐거움이 있는 곳

야
영
지

여름의 절정입니다. 그래서 휴가철이기도 합니다. 여름휴가는 자의든 타의든 한여름에 잡히기 마련이니 보통은 중복(中伏) 즈음에 몰립니다. 양력으로는 7월 말부터 8월 초까지가 그때입니다. 여름휴가는 일반 휴가와는 다르니 '더위를 피한다.'라는 뜻인 피서(避暑)라는 말이 더 적절할 텝니다. 그즈음은 최근 몇 년간 인천공항 이용자의 기록을 갈아치우는 때이기도 합니다. 해외가 아니더라도 이때가 되면 강원도 산속이든, 제주도, 남해, 서해, 동해 곳곳의 바닷가든, 깊은 산이나 강이나 계곡이든 많은 이들이 피서지를 찾아 가족과 함께, 지인과 함께 떠날 여행 가방을 꾸립니다. 일상에서 멀어진다면 그곳이 어디든 사람들은 설레는 마음마저 여행 가방에 넣어 주거지가 아닌 곳으로 떠납니다.

피서 여행지의 숙소는 호텔, 콘도미니엄, 펜션, 에어비앤비, 민박도 있지만 2004년에 시행된 주 5일 근무제 이후부터는 '캠핑족'이라는 신조어까지 등장할 정도로 야영을 즐기는 사람들이 급속히 늘어났습니다. 아예 야영지에 터를 잡아놓고 텐트나 캠핑카(camping car)에서 기숙하며 휴가 내내 피서를 즐기기도 합니다. 그러고 보면 야영(野營)이야말로 가장 자연 친화적이고 원시적인 숙소인 셈입니다. 오랜 세월 진화해온 인류가 견고한 집을 짓고 살기 전에는 동굴이든 움막이든 자연 상태 그대로의 환경을 이용했으니 말입니다. 다만 오늘날의 야영은 야영의 불편함을 최소화하기 위해 공산품인 캠핑 전용 장비를 사용한다는 점에서 그 차이는 큽니다. 오늘의 야영은 생존이 아닌 여가활동이지요.

체력이 약해 게으른 저는 야영을 즐기지도 않거니와 야영 기술에 대한 지식도 경험도 없습니다. 모르니 즐기지 못할 테지만, 기질 때문이기도 할 것입니다. 기질이란 타고난 성정과 체질의 다른 말이기에, 다분히 유전성을 반영하겠습니다. 생각해보면, 야영을 즐기는 사람은 신체적으로 활동력이 왕성한 유전인자를 타고나지 않았을까 합니다. 또, 야영을 좋아하는 사람들의 먼 조상은 초원을 오르내리거나 횡단하며 살아간 유목민이 아니었을까 합니다. 양들의 먹이를 찾다가 초목을 만나면 몇 개월 동안 머무를 천막집을 짓고 야영하다가 기후가 바뀌면 다시 이동하는 유목민의 습성이 핏속에 흐르고 있지 않을까 합니다. 유목민의 소중한 재산이자 가장 유용했던 말[馬]도 그들은 애지

중지하였을 테니 그 후손들 역시 다분히 자동차에 애착하는 것이 아닐까 합니다. 실제로 야영을 즐기는 사람들의 다수는 자동차에도 관심과 욕심을 나타내는 것 같으니 말입니다.

반면 그다지 야영을 즐기지 않는(못하는) 저 같은 사람들의 먼 조상은 대대로 정착 생활을 해온 농부가 아니었을까 합니다. 그래서 그 후손인 저는 한때 6년 동안 반경 1킬로미터 안에서 주로 생활하면서도 전혀 답답해하지 않았던 게 아니었을까 합니다. 또한 17년 동안이나 굴리고 있어서 곧 폐차할 날이 멀지 않은 낡은 자동차를 가지고 있지만, 그사이 자녀가 모두 성장해서 이제는 자동차가 필요 없다고 느끼는 것 역시 이동과 활동의 편의에 필요한 말[馬]보다는 농사일에 소[牛]가 필요하듯 대형마트에 쌀을 사러 갈 때나 시동을 켜는 일과 무관하지 않을 것이라고 저는 생각합니다.

그럼에도 오래 전 경험의 기억을 떠올리면 청춘 때 타의에 이끌려 설레는 마음으로 야영했던 날들의 신선한 느낌은 저의 피부에 남아 있습니다. 다해야 대여섯 번에 불과하지만, 그중 두 번은 밤하늘에서 쏟아지는 별빛 소나기를 새벽까지 마른 이마로 받아내었고, 다른 날의 두 번은 실제로 내리는 장대비에 방수도 잘 안 되는 낡은 텐트 속에서 생쥐 꼴이 되었다가 강물이 차올라 황급히 철수해야 했던 일입니다. 곤한 잠에 들었을 때 빗물은 바닥에 고여 금세 어깨까지

적셨습니다. 아찔한 순간을 넘기고 다행히 우리 일행은 인근 시골 성당 마룻바닥에서 하룻밤을 신세졌습니다. 물기 없는 마룻바닥의 편안함에 젖은 몸을 뉘고는 여전히 주룩주룩 내리는 빗소리 자장가를 들으며 말입니다.

　　　　　　야영의 절반은 텐트를 치고 걷는 일이 아닐까요? 아무리 사소한 건축(?)일지라도 텐트를 치려면 자리를 잘 잡아야 합니다. 요즘은 곳곳에 오토캠핑장들이 있어 아파트처럼 행렬을 맞춰 텐트를 칠 수 있게 돼 있지만, 바닷가 솔숲이나 허가된 강과 계곡에서는 물놀이 근접성과 안전을 고려해 적당한 자리를 잘 잡는 일이 중요합니다. 가장 좋아 보이는 자리들은 먼저 당도한 야영객들이 선점하고 있기에 다음 자리라도 잡으면 다행입니다. 그러고 나면 등허리가 배기지 않도록 땅을 고르고 나서 텐트를 칩니다. 편의성을 높인 원터치 텐트도 있다지만 비 덮개며 차양, 의자며 식기도구, 불판까지 제자리를 잡으려면 은근히 시간을 잡아먹기 마련입니다. 하지만 그렇게 사서 고생하는 그 시간이 야영의 즐거움이기도 합니다. 야영은 즐거움을 준비하는 즐거움이기 때문입니다.

　　　　　생각을 이으면, 야영 활동은 어릴 적 누구나 즐겼던 소꿉놀이의 연장인 듯합니다. 어릴 때야 가짜 살림인 소꿉뿐이라서 모래를 모아 밥을 짓고 붉은 벽돌을 빻아 고춧가루라고 상상할 수밖에 없었지만, 어른이 되어서는 실제 장비로 자기만의 천막

집을 만들고 어항이나 견지낚시로 민물고기를 잡아 오거나, 인근 시장에서 삼겹살이나 장어, 조개 등을 구입해 와서 취사를 할 수 있으니 그 차원은 전혀 다릅니다. 그러나 그러고 싶은 행위의 욕구와 즐거움은 유사합니다. 그러기에 여름뿐만 아니라 한겨울에도 야영지를 찾아가는 많은 이들의 마음은 현대 도시 생활의 바깥에 있습니다. 그곳이 야영지이고, 야영만의 재미가 그곳에 있을 텝니다.

✶ 덧말

제가 청춘 때는 요즘처럼 별도의 야영지가 마련된 곳은 드물었습니다. 그래서 불편하기도 했지만 자유롭기도 했습니다. 바다든 강이든 계곡이든 백사장이 있는 곳이면 어디든 야영지가 되었고, 주변의 쓰러진 나무로 모닥불도 피울 수 있었습니다. 저녁밥을 지어 먹고 설거지까지 마치면, 쏟아지는 별빛들을 올려보며 모닥불 주변에 둘러앉았습니다. 그러면 분명 누군가는 통기타를 끌어안고 노래를 불렀습니다. 시작은 「그날이 오면」 같은 운동가요였지만, 몇 곡 후에는 「광화문 연가」 같은 대중가요였습니다. MT에는 늘 남녀 학생이 함께했기에 딱히 누구를 향한 노래는 아닐지라도 자연스런 전환이었습니다.

즐거움을 준비하는 즐거움이 있는 곳

노래도 시들해져, 하품을 앞세워 하나둘 텐트 안으로 들어가고, 서넛이 남아 숯만 남은 모닥불을 지키며 다 식어버린 라면 국물을 안주 삼아 남은 술을 마시는 동안 누군가가 카세트를 꺼냈던 밤이 생각납니다. 여성 보컬 시나트라(Nancy Sinatra)와 싱어 송 라이터 헤이즐우드(Lee Hazlewood)가 절묘하게 화음을 이룬 곡「Summer Wine」은 이튿날까지 제 귓전에 맴돌았습니다. 노래 속의 여인은 짓궂은 도둑입니다. 그 여인은 은빛 박차(拍車)를 파는 상인을 유혹합니다. "저와 함께 시간을 보내요. 그러면 저의 사랑을 드리겠어요."라고요. 그러고는 상인에게 밤새도록 와인을 먹여 곯아떨어지게 하고는 은빛 박차를 가로채 사라집니다. 드라마가 있는 재밌는 노랫말입니다. 그날 밤 제게서 사라진 것은 하루치의 은빛 청춘이었습니다.

두 부류의 사람들이 함께 이용하는 곳

엘
리
베
이
터

저의 급한 성미가 종종 자신을 못살게 굽니다. 제 성미는 대형 매장에서도 마찬가지여서 소비자의 안전을 위해 느릿느릿하게 작동하는 에스컬레이터에서 마치 컨베이어 벨트 위의 수화물처럼 마냥 무료하게 줄지어 이동하는 게 싫은 저는 7층 옥상에 주차한 날에는 주로 엘리베이터를 이용합니다. 지난 휴일에도 비교적 자리가 넉넉한 옥상에 주차하고 엘리베이터에 올랐습니다. 경험상 7층에서 에스컬레이터를 이용할 때와 엘리베이터를 이용할 때는 10분가량이나 차이가 나기 때문입니다. 그럼에도 거의 층마다 멈추기에 만약 계단 통로가 있다면 내려갈 때는 그쪽을 이용할 텐데 웬일인지 그 매장에는 비상계단은 눈에 안 띕니다.

7층을 알리는 램프가 깜빡이자 빠른 속도로 엘리베이터의 미닫이문이 열렸습니다. 공수 교대하는 야구장의 선수들처럼 몇몇 소비자와 예비 소비자가 서둘러 엘리베이터 문 앞에서 위치를 바꿨습니다. 6층에서 문이 열리자 요즘은 동네 산책로에서조차 보기 드문 유모차가 승강기 안으로 들어왔습니다. 첫돌쯤 돼 보이는 아기가 편한 자세로 누워 있었습니다. 아기는 또렷또렷한 표정으로 저와 눈을 맞췄습니다. 모든 아기에게는 무한한 가능성이 있을진대 아기가 아이가 되고 아이가 소년(少年)이 되고 청소년(靑少年)이 되고 성년(成年)이 되면서 갓난아기는 '어떤' 사람이 됩니다. 생태 환경에 따라 나무의 줄기와 가지가 휘어져 자라기도 하고 곧게 자라기도 하듯이, 사람도 환경에 따라 다르게 성장해 살아갑니다.

유모차 속의 아기를 바라보며 이런 생각을 하고 있는데 2층에서 문이 열렸습니다. 아기의 엄마가 뒷걸음질로 내리려다가 옆 사람의 발등을 살짝 밟았나 봅니다. 밟힌 사람은 눈살을 찌푸렸지만, 아기 엄마는 그 사실을 인지한 표정이었지만 의도한 게 아니었기에 자기 잘못은 아니라고 여겼는지 미안하다는 말 한마디 없이 나릿나릿 문밖으로 후진했습니다. 더구나 유모차가 엘리베이터를 다 빠져나가지 않아 누군가는 계속 열림 버튼을 누르고 있어야 했지만, 엘리베이터 문 앞을 벗어난 아기 엄마는 2층이 자신이 내려야 하는 곳인지 확인하느라고 두리번거리며 지체하고 있었습니다. 승강기 내부의 시선들이 일제히 아기 엄마에게 향했습니다. 유모차 속의 천진한 아기는 영문도 모른 채 잠깐 만에 친해졌다고 제게 방긋 웃어주었습니다.

　제가 엘리베이터를 처음 타본 것은 중학생 때였는지 그 후였는지 기억에 없지만 그 기능을 처음 본 것은 초등학생 때 TV 외화 드라마「타잔」에서였습니다. 아내 제인과 아들 보이와 함께 사는 타잔의 집은 집채만 한 나무 밑줄기 윗부분에 지어져 있었는데, 평소 나무 타기를 식은 죽 먹듯 하던 타잔은 웬일인지 자신의 집에 오를 때는 종종 엘리베이터를 이용했습니다. 그것은 타잔이 위기에 처했을 때마다 지원해주는 코끼리 중 한 마리를 노예처럼 부려 큰 나뭇가지에 걸어놓은 도르래를 활용한 엘리베이터였습니다. 미국에서『유인원 타잔』(*Tarzan of the Apes*)이라는 제목의 대중소설로 첫 선을 보인 때가 1914년이고, 미국 TV 드라마가 수입되어 국내에서 방송되기 시작한 게 1974년이니, 최초의 기계식 엘리베이터가 미국에서 발명돼 1854년에 박람회에서 선보인 지 딱 120년이 지난 후의 연출이었습니다.

　　　　　　　　　　　　　　　　언제부턴가 엘리베이터에 너무 익숙해진 저는 매일 몇 차례씩 그 기구를 이용합니다. 저희 집이 19층에 있으니 승강기가 없다면 무척 난감하겠습니다. 엘리베이터를 소재로 삼은 우스갯소리도 있습니다. 아파트 20층에 사는 직장인이 늦잠을 잤답니다. 화들짝 놀란 그가 출근하려고 서둘러 집을 나섰는데 하필 엘리베이터가 고장 나 운행 정지 상태였답니다. 어쩔 수 없이 계단으로 뛰어내려와 주차장에서 승용차 문을

　　　　　　　　두 부류의 사람들이 함께 이용하는 곳

열려는데 아뿔싸, 자동차 열쇠를 못 챙겼답니다. 부랴부랴 다시 계단을 뛰어 올라가 차 열쇠를 가지고 다시 헐레벌떡 내려와 시동을 걸었는데 어느 집 발코니에서 한 노인이 태극기를 게양하고 있더랍니다. 3월 1일이었던 것입니다. 있을 법한 얘기고, 당사자는 헛웃음이 나왔겠지만 아침 운동은 제대로 했을 텝니다. 실제로 아파트 20층에 사는 저의 한 후배는 운동 삼아 일부러 계단을 이용한답니다. 한번은 차 안에서 잠든 딸아이를 업고 계단을 걸어 올라가 귀가한 적도 있답니다. 편리함을 버릴 때 얻는 것도 있습니다.

저희 집에 연결된 엘리베이터를 이용할 때 승강기가 15층에서 멈추면 저는 긴장합니다. 목줄에 묶이긴 했지만 마구 짖어대는 반려견 한 마리가 15층에 살기 때문입니다. 그 주인 할머니는 난처해하지만 길들이지 못해서 저와 같은 주민들은 번번이 깜짝깜짝 놀랍니다. 19층이어서 38가구당 한 대의 공동 엘리베이터를 이용하니 종종 승강기 안팎에서 이웃을 만납니다. 아이들이니 떠들 수도 있지만 밀폐된 작은 공간에 동승한 사람들이 불편할 수도 있으니 아이의 부모는 자녀에게 주의는 주어야 할 텝니다. 음식물 쓰레기를 들고 승강기를 이용할 때는 역한 냄새가 나지 않게 밀봉해야 함에도 그렇지 않은 이웃이 적지 않습니다. 민폐를 끼치는 일은 이뿐 아니어서 엘리베이터 내부 벽면은 게시판이 되기도 합니다. 세대별 화장실 환풍기로 담배 연기가 역류한다는 지적과 자제를 당부하는 게시물을 보는 일은 흔해졌습니다. 작년에 포항의

한 공동주택에서 담배 냄새 때문에 게시한 주민의 호소문과 결백을 주장하는 다른 층 주민들의 릴레이 메모가 범인 색출 소동으로 비화돼 신문에까지 나올 정도니 말입니다.

반면, 승강기에 동승한 잘 모르는 이웃에게도 인사를 건네고, 누군가 짐을 들고 들어올 때면 층별 버튼을 대신 눌러주고, 내릴 때는 순서를 양보하는 예의바른 이웃도 있습니다. 공동 주택에 살면서, 편의를 위해 공동으로 이용하는 엘리베이터에서 만나는 이웃들의 상반된 모습을 보면서, 그 문명의 이기(利器)를 함께 사용하는 사람들을 저는 자꾸 두 부류로 나누게 됩니다. 예의 있는 사람과 무례한 사람으로 구분하는 저는 인색한 사람일까요?

★ 덧말

1980년대 이야기입니다. 처음으로 아파트로 이사한 불문학자 친구의 집들이에 초대 받은 한 문학평론가가 와인을 한 병 들고 그 집으로 올라가는 엘리베이터를 기다렸답니다. 뒤따라 아파트 현관에 들어온 중국음식점 배달원과 함께 그 두 사람이 승강기에 올랐답니다. 엘리베이터 안에서 청년 배달원은 철가방을 든 채 닫힌 철문에 자신의 이마를 대고는 주변을 아랑곳하지 않고 나지막이 노래를 불렀답니다. "언젠가 가겠지, 푸르른 이 청춘, 지고 또 피는 꽃잎처럼. 달 밝은 밤이면 창가에 흐르는 내 젊은 영가가 구슬퍼." 그 낯선 장면이 그 문학평론가에게 짙게 각인되었었나 봅니다. 그날의 이야기가 그분의 제자에게 전해지고, 저는 다시 그 제자 분에게 전해 들었으니까요. 그 후 저는 산울림의 「청춘」을 들으면 그 엘리베이터 안에서 독백하듯 노래 불렀을, 본 적 없는 그 청춘을 상상합니다. 그리고 그날 그곳에서 한 청춘의 뒷모습을 처연히 바라보셨을 문학평론가의 표정을 상상합니다. 그분은 그날 이후 몇 년이 안 돼 쉰도 되기 전에 간암으로 별세하셨습니다. "가고 없는 날들을 잡으려 잡으려 빈 손짓에 슬퍼지면, 차라리 보내야지, 돌아서야지, 그렇게 세월은 가는 거야."라는 그 노랫말처럼 인생은 참 덧없습니다.

　두 부류의 사람들이 함께 이용하는 곳

고향보다 더 그리운 곳

*

외
가

두 번째 고향이 있습니다. 누구에게나 태어나고 자란 애초의 고향이 있고, 또 다른 생활을 위해 그곳을 떠난 사람들이 새롭게 터전을 잡은 거주지를 흔히들 '제2의 고향'이라고 일컫습니다. 하지만 그곳에는 '고향'의 근원적 그리움은 없습니다. 그보다는 그곳의 지상에서 매일 짜이는 희로애락의 매듭이 촘촘해 삶의 긴장감이 먼저 느껴집니다. 물론 고향에서 보낸 시절이 모두 좋았을 리만무하지만, 고향을 떠나 살고 있는 많은 이들이 몸과 마음이 힘들 때면 향수(鄕愁)에 젖는 일은 자연스러운 정서일 텝니다. 그 그리움은 불현듯 시작되어도 안개가 걷히면 산천이 드러나듯이, 그리움이 깊어지면 어느새 기억은 생생해져 추억의 현장으로 마음을 데려갑니다.

　　　　고향보다 더 그리운 곳도 있을까요? 있다면 그곳은 '외가'가 아닐까요? 우리가 출생하기까지의 고향은 어머니의 배

속이었고 갓난아이였을 땐 그 품속이었으니 우리의 첫 고향은 어머니일 것이고, 어머니의 고향은 '외가'이니 말입니다. 그런 의미에서 고향의 뿌리인 '외가'는 그리움의 진앙지일 텝니다. 그런 그곳의 계절은 제 경우에는 여름과 겨울만 있습니다. 오래전 제가 외가를 방문했을 때는 매번 방학 중이었기 때문입니다. 초등학생이었던 저는 매년 여름과 겨울에 방학이 시작되면 사흘도 안 돼 서둘러 시외버스에 올랐습니다. 흙먼지를 풀풀 날리며 신과 킹을 낀 지방도로를 두어 시간 달려간 낡은 버스에서 내리면 그곳은 충북 보은군 보은읍이었습니다. 다섯 살 터울의 형과 동행한 날은 우리 형제는 도로를 따라 외가를 향해 걸었습니다. 외가 동구까지 읍내에서 십 리였으니 한 시간 남짓 걸렸을 텝니다. 저 혼자 터미널에 내렸을 때는 외할머니께서 마중 나와 계셨습니다. 상봉했을 때, 외할머니의 환한 웃음은 이후 한 달가량 지낼 외가 생활의 밝은 전조였습니다.

　　　　볏짚을 섞은 황토로 지은 초가였던 외가는 그래서인지 한여름에도 선풍기 하나 없어도 그리 덥지 않았습니다. 기울어가는 해를 등에 지고 걸어오느라고 등허리가 땀에 젖었던 외손자에게 외할머니는 집에 당도하자마자 등목을 시켜주셨습니다. 뒤꼍에서 마중물로 퍼 올린 지하수는 얼음만큼 차가웠기에 외손자의 등허리는 금세 추워졌습니다. 곧바로 외할머니는 부엌으로 들어가셨고, 잠시 후 산그늘이 내려와 모색(暮色)이 짙어질 무렵이면 외할아버지께서는 모깃불을 피우고는 앞마당에 원형 멍석을 깔았습니다. 그러고 나면 어느새 소반에 차려진 밥상이 멍석 한가운데 놓였습니다. 외가에서만 맛볼 수 있었던 우렁이 된장찌개와 그 된장찌개에 적셔 먹던 호박잎은 물론이고 젓갈 없이 겉절이로 무친 어린 열무김치와 찰기 없는 보리고추장만으로도 저의 고봉밥은 금방 비워졌습니다.

　　　　　　　외가의 방은 두 칸이었지만, 전등은 천장 가까운 벽에 구멍을 뚫어 매단 막대 형광등 하나뿐이었습니다. 그것으로 작은 양쪽 방을 희미하게 밝혔던 불빛은 밤 아홉 시가 조금 지나면 이내 꺼졌습니다. 그러면 그때나 지금이나 밤잠 없는 저는 얇은 요에서 뒤척이다가 변소에 가는 척하고 살며시 띠살문을 열고 나와서는 간간히 들려오는 개 짖는 소리를 들으며 마당에서 오랫동안 별빛 가득한 밤하늘을 바라보았습니다. 이튿날 아침은 늘 독상(獨床) 앞에 앉았습니다. 이미 논에서 오전 농사를 마치신 외할머니께서 돌아온 직후였으니 해가 높이 떠 있었습니다. 그렇듯 외가가 무엇보다 좋았던 것은 아침 기상 시간이었습니다. 집에서야 방학 중에도 선친께서 출근하시기 전에는 일어나 선친 구두를 닦아놓는 게 제 일과의 시작이었지만, 외가에서만큼은 방광이 땡땡해져 스스로 일어나기 전까지는 내버려두셨기 때문입니다.

　밤잠은 밤잠대로, 낮잠은 낮잠대로 외가에서의 잠은 수박처럼 다디달고 시원했습니다. 특히 점심을 먹은 뒤 앞뒷문을 열어놓

고 서늘한 황토 맨바닥에 누워 있으면 산들바람이 솔솔 불어와 맨 살을 간지럽혔습니다. 옆집 문식이네에서 들려오는 '정오의 희망 곡' 라디오 소리와 함께, 짝을 찾기 위해 곳곳에서 울어대는 매미 소리는 더없는 자장가였습니다. 까무룩 낮잠에서 깨어나면 외할 머니께서는 벌써 떨어진 땡감을 소금물에 우려내 떫은맛을 없애 건네주시거나, 못난이 옥수수를 삶아 양은그릇째 내미셨습니다. 저는 그중 하나를 입에 물고는 집에서 쉬고 있을 제 동갑내기 친 구 인태나 춘식이를 찾아 앞집이나 옆집으로 마실을 갔습니다. 돌 이켜보면, 집안 농사를 도와야 했던 그 두 친구는 제가 외가에 오 면 친구 덕분에 짬짬이 휴가를 얻는 셈이었습니다. 부안 임씨 집 성촌이었던 외가의 친구들 부모님 역시 도회지에서 찾아온 이웃 집 외손자를 육친인 양 반갑게 맞아주었습니다.

　　　　　　　　　　그 두 친구에게 저 는 당시 농촌 여가생활의 모든 것을 배웠습니다. 여름이면 자주 개울에서 놀았는데, 그러면서 저는 자연스레 수영을 배웠습니다. 비록 개헤엄일지라도 어느 날 저는 친구들을 따라 두 다리로는 텀 벙텀벙 물장구를 치면서 물 밖에 고개를 내밀고 물살을 가를 수 있었습니다. 그러다가 자맥질까지 할 수 있게 되자 강바닥에서 예 쁜 조약돌들을 주워 올라와 물가에서 물수제비를 날리거나 집에 까지 가져와 마루 끝에 일렬로 모아두곤 했습니다. 겨울이면 썰매 를 들고 산 밑 논으로 갔습니다. 그곳 논에 고인 물이 얼어 자연

　　　　　　　　　　　고향보다 더 그리운 곳

스케이트장이 되었기 때문입니다. 처음에는, 아이들과 함께 굵은 철사와 송판으로 만든 바둑판만 한 썰매에 무릎을 꿇거나 쪼그려 앉아 지팡이질을 했지만, 나중에는 스키어처럼 일어선 채로 대못이 박힌 긴 지팡이에 힘을 주어 얼음 위를 쌩쌩 달렸습니다.

　신선놀음에 도낏자루 썩는 줄 모르는 게 시간이니, 외가에서의 마냥 즐거운 시간은 마치 시계 분침을 뱅뱅 돌리는 것만큼이나 빨리 지나갔습니다. 저는 집에서 떠나올 때처럼 개학을 이삼일 남겨두고 외가를 떠나야 했습니다. 떠나기 전날이면 매번 외할아버지께서는 밖에서 거나하게 약주를 드시고서 저녁에 귀가하셔서는 제 손에 박하사탕 한 봉지를 쥐어 주셨습니다. 그것이 외할아버지만의 작별 인사였습니다. 반면, 이튿날 버스에 오를 때까지 배웅해주시는 분은 늘 외할머니였습니다. 버스가 출발하면 저는 차창 밖의 외할머니를 따라 손을 흔들었습니다. 매번 외할머니께서는 한 손으로는 손을 흔들고 다른 한 손으로는 당신의 눈물을 훔치셨습니다. 버스는 멀어지고 그렇게 서로가 소실점으로 사라질 때까지⋯⋯. 지금, 그 모습을 추억하자니 별안간 시야에 물결이 입니다. 그러니, 제게 '외가'는 고향보다 더 그리운 곳입니다.

✳ 덧말

방학 내내 외가에서 지낸 제가 초등학생 때까지는 어스름한 저녁 무렵이 돼서야 귀가할 정도로 또래 친구들과 내내 어울렸습니다. 우리는 산으로, 들로, 냇가로, 원두막으로, 친구네 집으로 쏘다니느라고 여념 없었습니다. 하지만 중학생이 되자 외가 친구들은 도청 소재지로 먼저 유학 가 있는 친형에게로 일찌감치 고향을 떠났거나, 장정의 몸이 되어 집안 농사일을 돕느라고 낮에는 저와 놀아줄 시간이 없었습니다. 저는 심심한 방학을 보내기 일쑤여서 점차 외가에 있는 날이 줄어들었습니다.

　　　　　늦은 아침밥을 먹고 빈둥대다가 선선한 황토방에 팔베개를 하고 누워 있으면 뒷집 문식이네 라디오에서 귀에 익은 시그널 뮤직이 낮은 담장을 넘어 외가 뒷마당으로 건너왔습니다. 문식이네 아주머니께서 일부러 라디오를 크게 틀어놓으신 겁니다. 살림하는 본인이 마당이나 부엌에서도 들을 수 있게끔 볼륨을 최대로 높인 것이었겠지만, 생각해보면 라디오 한 대만으로 앞뒷집에서도 충분히 들을 수 있도록 배려한 게 아닐까 합니다. 덕분에 저는 보니엠(Boney M)의 「Sunny」 전주곡으로 경쾌하게 시작하는 '정오의 희망곡'을 들으며 심심함을 달랠 수 있었습니다. 훗날 그 곡의 노랫말을 찾아보니 "써니, 햇볕 부케 너무 고마워요. 써니, 내게 준 당신의 사랑 너무 고마워요."라는 예쁜 가사였습니다. 노랫말대로 태양빛은 지구의 모든 생물과 인류에게 고마운 존재임에 틀림없습니다. 그 덕분에 들녘의 곡식이 익고 그 결실로 보리고추장에 나물밥을 비벼 먹을 수 있었으니까요.

비결은 달라도 다섯 가지 공통점이 있는 곳

맛
집

점심때만 영업하는 'ㅁㄹ손칼국수'에 도착하니 12시 30분이었습니다. 그 집은 정오를 기준으로 일찍 찾아가거나 늦게 당도해야 겨우 자리를 잡을 수 있기에 그 시간을 택했습니다. 다행히 단 하나 남은 테이블을 주인 할머니께서 뒷정리를 하고 계셨습니다. '수육+문어숙회(大)' 한 접시와 칼국수 세 그릇, 소주 한 병을 주문하니 밑반찬 두 가지가 먼저 테이블에 놓였습니다. 작고 오목한 사기 접시에 담긴 푸릇한 마늘종, 겉절이처럼 칼질한 배추김치가 그것이었습니다. 함께 녹차 잔만 한 간장 종지 두 개에 초고추장과 간장이 각각 놓였습니다. 얼음이 달그락거리는 커다란 양은 주전자에서 따른, 참 오랜만에 마셔보는 냉보리차는 시원하고 구수했습니다. 보리차로 입을 헹구자마자 저절로 마늘종에 젓가락이 갔습니다. 초고추장을 찍어 입에 넣으니 단단한 섬유질에서 배어 나온 풋풋하고 매콤한 향이 입안에 번졌습니다. 새콤한 초고추장은 직접 만든 게 틀림없었습니다. 달지 않았으니까요. 포기김치가 아닌, 막 썰어 발효시킨 배추김치에는 모양이 제각각인 깍두기가 섞여 있었습니다. 생새우와 새우젓만으로 담갔는지 무척 시원했습니다.

　　두 번째 소주잔이 채워지자 따끈한 소고기 수육과 문어숙회가 먼저 테이블에 놓였습니다. 양지 살코기만으로 삶은 수육은 두툼한 두부처럼 크게 썰려 있어서 한입에 먹기엔 부담스러웠고, 문어숙회 역시 얇게 저민 지름이 무려 안경알만 했습니다. 둘의 공통점은 부드러움이었습니다. 수육은 젓가락만 대어도 결 따라 찢어졌고, 문어숙회는 날고기인 양 야들야들했습니다. 또 다른 공통점은 담백함이었습니다. 둘 다 잡내가 전혀 나지 않았습니다. 수육과 문어숙회를 절반쯤 비웠을 때, 오목한 일본식 사기그릇에 담겨 나온 칼국수 또한 일품이었습니다. 굵은 면발과 소고기 고명을 얹은 양념장이 전부인 칼국수의 육수는 고깃국과 문어 데친 국물을 섞은 듯 꽤 진하고도 개운했습니다. 당일 만든 반죽을 밀대로 밀어 칼로 썬 면발은 굵기가 제각기여서 그야말로 '칼'국수였습니다. (기계로 뽑은 칼국수와 비교하려고 흔히 쓰는 '손칼국수'는 마치 '역전앞'이나 '서해바다'처럼 동어반복입니다.)

　　　　입맛이란 주관적이기에 맛있는 음식의 절대성은 없습니다. 사람들이 살아온 환경과 문화가 다르기 때문입니다. 제가 먹어본 맛난 북한 음식은 하

나같이 슴슴했고, 자극적이지 않은 그 맛은 저의 외가가 있는 충북의 시골 음식 맛과 유사했습니다. 호남과 충남 서해 지역의 음식 맛은 양념을 많이 써서 진한 반면, 영남 지역 음식 맛은 간결한 만큼 간도 셌고 비교적 매웠습니다. 그러니 지역마다 인기 있는 맛집은 지역민에게 익숙한 입맛이 척도가 될 터입니다. 그럼에도 제가 가본 맛집들에는 공통점이 있습니다. 음식 맛을 내는 비결은 각기 달라도 말입니다. 식사 때에는 방문객이 줄을 서는 것부터 시작해, 제가 본 분명한 공통점은 대략 이렇습니다.

첫째, 맛집의 분위기는 간판에서부터 느껴집니다. 맛집은 그 유명세가 보통 이삼십 년쯤 되었기에 상호를 써놓은 간판은 구식일뿐더러 낡아 있습니다. 간판 형식도 요란하거나 크지 않습니다. 애써 존재를 알릴 필요가 없기 때문이겠습니다. 상호 또한 멋 부리거나 작위적이지 않습니다. 지역명을 접두어로 삼거나 대표 음식을 상호로 삼는 경우가 많습니다.

둘째, 차림표가 간단합니다. 인기 있는 한두 가지 대표 음식이 그리워 입맛을 다시며 손님들이 몰리기에 주인장이 준비할 음식 가짓수가 많을 필요가 없기 때문입니다. 따라서 보통은 각각의 메뉴판을 테이블에 내놓지 않고 벽면 한복판에 몇 줄 써놓은 게 메뉴의 전부입니다.

셋째, 준비한 만큼만 손님을 받으니

다. 맛집은 식재료 구입부터 엄선하기 마련입니다. 일관된 맛을 내려면 식재료의 품질이 한결같아야 할 것이고, 조리 방법도 그럴 것이기에 식재료의 양도 늘 정해져 있을 것입니다. 손님 수도 들쑥날쑥하지 않을 테니 하루에 준비할 양을 가늠하기는 어렵지 않을 것입니다. 당일 준비한 재료를 당일 소진하니 음식은 당연히 신선할 것입니다. 식재료 품절과 함께 영업을 종료하니 주인장과 종사자는 일에 덜 지칠 터라 접객의 여유도 생길 것입니다.

넷째, 당당하지만 거만하지 않습니다. 그것은 손님에게 떳떳하게 내놓을 수 있는 음식에 대한 자존감일 텝니다. 재료비 대비 이윤을 고려해 최선을 다해 만들었을 테니 부끄럽지 않은 것입니다. 그리고 손님들이 맛있어 할 때 기쁘고 보람 있을 것입니다. 손님 덕에 여유 있게 생활하는 것이니 고마움도 느낄 것입니다. 그런 업소일수록 언론사의 맛집 취재 요청이 있으면 불편해 하거나 거절한다고 합니다. 돈벌이만이 목적이 아닌 것입니다.

그러한 맛집의 또 다른 공통점은 그 위치가 외진 곳이어도 맛 자체에 이끌려 단골손님들이 기꺼이 찾아간다는 것입니다. 그러기에, 비유하자면 맛집은 벌 나비가 아니라 꽃입니다. 멀리서도 손님들이 맛집의 향기를 맡고 부단히 찾아오니 말입니다. 그때, 손님은 시간과 거리를 보상받습니다. 손님의 입과 마음에 살맛이 나기 때문입니다.

✱ 덧말

세상에서 가장 맛있는 음식은 무엇일까요? 어릴 적 입맛이 평생을 간다는 말을 되새겨봅니다. 가장 어릴 적 입맛은 무엇일까요? 그것은 세상에 태어나 처음 먹은 맛일 텝니다. 모유(초유) 말입니다. 하지만 젖을 뗀 후로는 모유는 더 이상 음식이 아닐뿐더러, 그 맛이 우리 기억에는 남아 있지도 않으니 맛있는 음식에서는 제외될 터입니다. 그럼에도 노래로는, 모유(母乳)는 세상에서 가장 꿀맛입니다. 그저 갓난아기 때 먹었던 잃어버린 맛이어서가 아니라, 노래 부르는 누군가에게는 더 이상 어머니를 만날 수 없기 때문입니다.

오래전 가수 서유석 씨가 불러서 많이 알려진 「타박네」가 그 노래입니다. 원곡은 구전 민요입니다. "타박타박 타박네야, / 너 어드메 울고 가니? / 우리 엄마 무덤가에 / 젖 먹으러 찾아간다. / 물이 깊어서 못 간단다. / 물 깊으면 헤엄치지. / 산이 높아서 못 간단다. / 산 높으면 기어가지." 서유석 씨가 고쳐 부른 노래의 앞부분입니다. 묻고 대답하는 형식의 이 노래의 끝부분에서 엄마 무덤을 찾아간 화자가 무덤 주변에 열린 야생 참외를 따서 아주 달게 먹습니다. "빛깔 곱고 탐스러운 / 개똥참외 열렸길래 / 두 손으로 받쳐 들고 / 정신없이 먹어보니 / 우리 엄마 살아생전 / 내게 주던 젖 맛일세."라면서요. 그러니 가장 맛난 음식은 진한 추억을 먹는 것일 텝니다.

독립된 마음이 자라는 곳

다
락
방

아파트에 살고 있는 저희 집은 19층에 있습니다. 아래층은 있어도 위층은 없습니다. 아니, 있습니다. 꽈배기 모양의 나무 계단을 올라가면 다락방이 있습니다. 3년 전 초봄에 이사할 집을 알아볼 때 저는 부동산 중개인의 소개로 이 집을 방문했습니다. 저는 곧바로 임대차 계약서에 서명했습니다. 처음에는, 살고 있는 집보다 공간이 작아 뒷머리를 긁적였지만 다락방에 올라가 보고는 마음이 놓였기 때문입니다. 잡동사니가 많은 저희 살림 중 비교적 가볍고 덩치 큰 짐들을 다락방에 몰아넣을 요량이었습니다. 이사를 하자, 당시 갓 중학생이 되었던 딸아이는 별 볼일도 없이 하루에도 몇 번씩 다락방을 오르내리며 자꾸 배시시 웃었습니다.

　　　　　　　　　　　　　　　　　　딸아이가 다락방에 올라가 무엇을 했는지 저는 모릅니다. 올라가서 채 5분도 지나지 않아서 다시 내려오곤 했던 걸로 봐서는 오각형 모양의 다락방 구조를 둘러보거나 벽면에 붙여 가지런히 쌓아놓은 살림들을 뒤적여보거나 낮은 천장 아래 우두커니 앉아 있다가 금세 심심해져 내려왔을 듯합니다. 그럼에도 딸아이는 더 궁금할 것도 없는 다락방에 종종 조르르 올라갔다가 콩콩콩 내려왔습니다. 그 발소리는 제 귓바퀴에서 살갑게 맴돌았습니다. 낯설고도 낯익은 그 공명(共鳴)의 발소리는 40년 동안 제 기억 속에만 들어앉았던 유년의 현장에서 들리는 저의 발걸음 소리였습니다.

유년 시절 우리 집은 단층 기와집이었지만, 안방에서 연결된 다락방이 있었습니다. 채 세 평도 안 되었을 우리 집 다락방은 부엌 천장 바로 위였습니다. 예닐곱 칸의 송판 계단을 올라가면 어른은 허리를 굽혀야 했지만 초등학생이었던 저는 30촉짜리 백열전구 하나만 조심하면 불편할 게 없었습니다. 다만, 그 자유는 전기 사용을 자제시키는 어른들 눈치에 주로 한낮에만 독차지할 수 있었습니다. 평소에는 사용하지 않는 륙색이나 나무 궤짝에 넣어둔 모기장 등을 꺼낼 때 말고는 식구들은 드나들지 않았기에 다락방은 저만의 독방이나 다름없었습니다. 다락방 입구에는 여닫이문이 있어서 그 문을 닫고 계단을 올라가면 어두컴컴했지만 그런 만큼 아늑했습니다. 마치 극장 안에 들어갔을 때처럼 처음에는 어둠이 익숙지 않지만 눈은 홍채를 확장시켜서 차츰 공간을 읽어냈습니다. 그래도 교과서 두 권 크기만 한 유리 창문이 있어서 햇빛도 스며들었고 창을 열면 지나가는 바람도 기웃거리며 약하게나마 환기도 해주었습니다.

그 시절 저는 다락방에 올라가면 한두 시간은 혼자 놀았습니다. 누나가 짙푸른 표지의 노트에 필사해놓은 롱펠로의 시를 읽기도 하고, 학교 숙제였던 국경일 기념 포스터 그림을 그리기도 하고, 종이로 만든 손오공 장난감을 가지고 놀기도 하고, 고장 난 라디오를 분해해보기도 하고, 양초를 켜놓고 흔들리는 촛불을 멍하니 바라보고 있기도 했습니다. 그러다가 심심해지면 궤짝 속의 잡동사니를 꺼내 늘어놓기도 했습니다. 그리고 어느 날 하오의 기억은 아직도 제게 선명히 남아 있습니다. 어린 제가 다락방에서 놀다가 긴 낮잠에 들었던 것입니다. 제가 눈을 떴을 땐 이미 날이 저물어 작은 창문에 어슴푸레한 검푸른 빛이 채워져 있었습니다. 섬뜩한 느낌이 들어 저는 서둘러 다락방 계단을 내려와 안방에 맞닿은 문을 열었습니다. 그러자 저녁 밥상에 둘러앉은 식구들이 수저를 든 채 어이없어 하는 표정으로 저를 바라보았습니다. 곧이어 어머니께서 막내아들을 찾으러 동네를 한 바퀴 돌았다는 말과 함께 밥그릇이 제 앞에 놓였습니다.

다락방뿐만 아니라 저는 잠자리를 펴려고 이불을 들어낸 빈 이불장에도 곧잘 들어가 있곤 했습니다. 저만의 공간이었던 그곳에 들어앉아 있으면 언제나 편안했습니다. 내성적인 성격 탓도 있었겠지만, 어머니 배 속의 태아 때의 평온함을 느꼈을 텝니다. 그러니 누구든 사랑하는 자녀가 지금 자

　　　　　　　　독립된 마음이 자라는 곳

기 방에 틀어박혀 있다면 내버려두시기 바랍니다. 그리고 마음 무거운 배우자가 자동차 안에 혼자 앉아 있을 때도 내버려두시기 바랍니다. 간혹 사람은 자발적으로 혼자 있을 때 마음이 안정되고 생각이 깊어지기 마련이니 말입니다. 가족이 할 수 있는 일은 당사자가 닫힌 방문을 열고 스스로 나왔을 때, 스스로 차 밖으로 나왔을 때 반갑게 맞아주는 것뿐이지 않을까요? 그곳의 내부가 고요히고 평안하디면 그곳의 바깥은 활기차고 즐겁다는 깃을 확인시켜 주는 것입니다. 그러니 그곳의 안과 밖은 모두에게 중요하고 필요한 공간인 것입니다. 그리고 세상 모든 이가 어머니의 자궁 속에서 몸이 자라나 세상 밖으로 나오듯, 세상 밖에서 몸으로 살면서 마음의 다락방이 없으면 마음은 자라지 않을 것입니다.

✱ 덧말

유머와 구수한 입담으로 프로그램 진행을 재밌게 이끌어 오랫동안 방송인으로 더 유명했던 고(故) 박상규 씨의 원래 직업은 가수입니다. 가수로서 그의 전성기는 제가 초등학생 시절이던 1970년대 중후반이었습니다. 저는 그의 대표곡 「조약돌」을 좋아했었나 봅니다. 방과 후 학교 운동장의 가장자리를 천천히 에돌아 하교하는 길에서 저 혼자 그 노래를 흥얼거렸던 기억이 납니다. 5학년이나 6학년이었을 겁니다. "꽃잎이 한 잎 두 잎 바람에 떨어지고, 짝 잃은 기러기는 슬피 울며 어디 가나." 지금도 그 노랫말이 기억납니다.

그날 오후 내내 센티멘털해져 저는 귀가 후 곧장 당시 고등학생이었던 누나의 필사 노트를 꺼내 들고 다락방으로 올라갔습니다. 팔베개를 하고 다락방에 누워 소년은 같은 반 소녀를 생각하다가 누나의 노트를 펼쳐 구르몽(Rémy de Gourmont)의 시 「낙엽」(La Feuille)을 거듭 읽었습니다. "시몬, 너는 좋으냐? 낙엽 밟는 소리가."라는 구절이 소년은 좋았습니다. 시는 징검다리 같은 산문이 아니어서, 그래서 시는 손을 떠난 '조약돌'이 어디로 뛸지 모르는 물수제비 같아서, 구르몽의 그 시는 소년의 마음에 파문을 일으키며 다시 「조약돌」을 부르게 했습니다. 그리고 곡조의 절정, "여름 가고 가을이 유리창에 물들어, 가을 날의 사랑이 눈물에 어리네."라는 대목에서는 이유 없이 눈물이 핑 돌았습니다.

'덤'이라는 마음의 저울이 있는 곳

✶
전
통
시
장

제가 거주하는 신도시의 구시가지에는 요즘도 오일장이 섭니다. 신도시가 들어서면서 변두리가 되어버린 그곳에는 여전히 전통시장이 자리하고 있지만, 주변의 대형마트와 기업형 슈퍼마켓에 밀려난 전통시장에서는 오래전부터 신선한 식재료보다는 주로 화초 모종이나 한물간 상표의 공산품들을 판매합니다. 그 거리에는 참기름집, 그릇집, 불교용품점, 칼국숫집, 옷가게 등이 세월의 그늘을 입고 나열해 있습니다. 그 도로변에 한 달에 엿새, 즉 3, 8, 13, 18, 23, 28일에는 어김없이 장(場)이 열립니다. 삼팔일 장입니다. 그때마다 그곳에는 보행로를 가득 메운 간이천막이 이백 미터쯤 길게 늘어섭니다.

그런데 왜 닷새 주기로 장이 설까요? 요즘의 도시인들도 일주일에 한 번은 대형마트에서 장을 보는 경우가 많으니 우리의 소비 양식은 예나 지금이나 비슷한가 봅니다. 다만 달라진 것은 시장을 찾는 소비자가 도시에서는 전통시장보다 대형마트로 쏠린다는 것입니다. 여러 이유가 있겠습니다. 그 이유를 생각하며 헤아려보자니 다섯 손가락으로는 부족합니다.

첫째는 '접근성' 때문이겠습니다. 웬만한 중소도시에까지 중심 상권에는 이미 대형마트가 자리 잡았습니다. 반면에 대개의 전통시장은 도시 개발에 따라 중심에서 밀려나 어쩌다 보니 구시가지가 되어버린 변두리에 녹슨 못처럼 박혀 있습니다. 소비자는 번화가에 많기 마련입니다.

둘째는 '편의성' 때문이겠습니다. "아버지는 나귀 타고 장에 가시고…"는 흘러간 옛 동요입니다. 오늘날엔 흔히들 개인 차량을 이용합니다. 그런데 전통시장은 대개는 주차 여건이 좋지 못합니다. 또한 그곳은 카트(cart)가 없어서 불편할 뿐더러 실내가 아니라 냉난방 시설을 갖출 수 없어서 여름엔 덥고 겨울엔 춥습니다.

셋째는 '상품의 다양성' 문제 때문입니다. 대형마트에는 층별로 식품, 생활용품, 전자제품, 문화상품 등 현대 생활에 필요한 다양한 물품들을 갖추고 있는 반면에, 전통시장에 내놓은 상품들은 주로 기본 생활에 필요한 식품이나 의류, 신발, 철물 등에 한정되어 있습니다.

넷째는 '공산품 가격' 때문입니다. 공산품은 말 그대로 **공**장에서 생**산**한 제**품**입니다. 그런데, 대형매장의 유통 채널과 할인 행사 등의 상술을 소규모 상인이 가격으로 경쟁하기에는 역부족입니다. 그러니 소비자의 선택은 빤합니다. 어쩔 수 없습니다.

다섯째는 '위생 환경' 때문입니다. 자세한 상품 이력 표기, 상품의 낱개 포장, 냉동 냉장 시설 모두 전통시장은 대형마트에 비해 열악한 형편입니다. 꾀는 파리를 쫓는 모습도 대형마트에서는 보기 어렵습니다.

여섯째는 '지불 방법' 때문입니다. 전통시장의 정육점 등에서는 신용카드 결제가 가능하지만 떡볶이집 등의 작은 상점, 특히 노점에서는 현금이나 온누리상품권이 아니면 거래하기 어렵습니다. 그러니 신용카드 중심의 소비문화에 익숙한 소비자의 발길이 어디로 갈지를 판단하는 것은 어렵지 않습니다.

이런 불편한 이유들 때문에 오늘날의 소비자는 주로 대형매장을 찾는 듯합니다. 그런데 과거에 비해 소비량은 늘어났습니다. 그것은 가계 수입이 늘어났기보다는 대형매장의 마케팅 전략에서 비롯된 것이겠습니다. 웬만한 것은 박스나 묶음 판매를 할뿐더러 '1+1 행사'로 대량 구매를 유도하기 때문입니다. 대형매장을 다녀오면 장바구니가 가득하니 상품별 소비 역시 늘 수밖에 없습니다. 이제는 (비만을 걱정하지 않는다면) 야식으로 라면을 먹을지 말지 고민하지 않습니다.

전통시장의 장점은 무얼까요? 공산품이 아닌 식품들은 경쟁력이 있습니다. 과일, 야채, 생선, 육고기 부속, 건어물 등의 식재료나 떡, 두부, 튀김, 순대, 국수, 밑반찬 등의 식품은 대개 대형마트보다 값쌉니다. 또한 대형마트의 질량(g)에 따른 가격 표시제가 정확하고 합리적이더라도, 전통시장에는 손님에 따라 기분에 따라 '덤'이라는 마음의 저울이 있으니 대형마트보다 인심이 좋습니다.

'시장'은 이미 자영업의 규모를 넘어 거대 자본이 지배히는 대기업이 이끌고 있습니다. 제조와 유통은 물론이거니와 그 판매까지 기업이 주도하기에 소비자의 지갑을 열려는 대형매장에는 자본과 노동만 존재합니다. 그러니 그곳에는 판매와 소비만 있을 뿐, 장터 현장의 생생한 희로애락의 문화를 찾기는 힘듭니다. 할머니를 따라나선 어린 손자가 장난감을 발견하고는 뒤로 넘어갈 때 달래려고 솜사탕을 쥐어주는 장면도, 장날 장터에서 거나해진 할아버지가 초저녁 달빛을 밟으며 박하사탕 한 봉지를 손에 들고 귀가하는 장면도 대형매장에서는 만날 수 없습니다.

시장은 상품을 사고파는 곳이지만 소비자와 판매자가 주고받는 것은 상품만이 아닙니다. 이미 완연한 봄이니 좀 불편하더라도 전통시장에 나가보는 게 어떨까요? 그곳에서 방금 만들어낸 따뜻한 두부도 한 모사고, 두 개에 천 원짜리 고로께(크로켓)로 출출한 배를 달래보는 것도 재미나겠습니다. 노점을 지날 때는 (대형매장에서는 만날 수

'덤'이라는 마음의 저울이 있는 곳

없는) 한 뼘밖에 안 되는 어린 열무도 한 봉지 사서 그날 저녁에는 겉절이로 한봄을 먹어보는 것도 좋겠습니다. 식탁 구석에는 시장에서 함께 사온 머그잔만 한 치자꽃 화분도 하나 올려놓으면 예쁘고 향기롭겠습니다. 때때로 합리성 바깥에 풋풋한 살음이 있습니다.

✱ 덧말

십 년 전 서울 신촌역(2호선) 근처에 매일 노점이 보행로 가장자리에 줄지어 있었습니다. 대개는 할머니들이 텃밭에 키웠을 것 같은 푸성귀들을 고무 다라이에 채워 나와 펼친 좌판이었습니다. 제가 좋아하는 호박잎이며 상추, 고구마 줄기, 도라지, 노각, 아욱, 풋고추 등이 비닐 돗자리 위에서 행인 손님을 기다렸습니다. 할머니 노점상들은 이런 채소뿐만 아니라 단감, 매실, 앵두같이 집 마당에서 키웠을 것 같은 과실들을 작은 플라스틱 채반들에 소복이 담아 돗자리에 장기판처럼 펼쳐놓았습니다.

　　　　　어느 날 점심에 저는 혼자 수제비를 먹고 천천히 그 노점을 따라 사무실을 향해 걷고 있었습니다. 한 할아버지께서 자전거를 받쳐놓고 거기에 매단 바구니에 태극기를 열 개쯤 꽂아놓고는 노점을 하고 있었습니다. 할아버지께서는 식사 중이었습니다. 치아도 없이 깍두기 반찬 하나만 놓고 된장국에 찬밥을 말아

드셨습니다. 이 땅에서 받은 혜택이 뭐 있다고, 나라가 해준 게 뭐 있다고, 할아버지는 태극기를 팔고 계실까 싶었습니다. 이젠 국경일에 태극기를 내거는 일이 드물어서 할아버지의 장사가 뻔해 보였습니다. 그래도 그분은 자리를 지키셨습니다. 인권운동가 가수 존 바에즈 (Joan Baez)가 부른 「Donna Donna」의 노랫말대로, "시장에 가는 달구지에 묶인 슬픈 눈망울의 송아지"처럼 할아버지는 매일 노점에 나가셨을 텝니다.

'덤'이라는 마음의 저울이 있는 곳

가장 편안한 15분이 있는 곳

✳

미
용
실
과

이
발
소

미용소, 미장원, 머리방, 헤어숍으로도 불리는 미용실은 주로 헤어스타일을 꾸며주는 전문 업소입니다. 그곳은 예전에는 여성들만 이용했지만, 1990년대에 들어서 전동 바리캉으로 짧게 깎는 남성 머리 모양이 유행하자, 당시에는 주로 가위만을 이용한 이발소를 등진 남성들도 미용실에 드나들기 시작하면서 미용실은 두발 미용업계의 영역을 대폭 넓혀갔습니다. 반면 예나 지금이나 남성들만 이용하는 이발소는 설상가상으로 한때 밀실에서 퇴폐 영업을 하던 일부 업소들이 사회적 손가락질을 받으면서 오해의 수난을 겪다가 점차 퇴색하게 되었습니다.

저 역시 꼬박 9년간 한 달에 한 번씩 단골로 찾아가던 동네 이발소에서 발길을 돌려 지난해 이른 봄부터는 한동네의 7천 원짜리(현재는 8천 원) 남성 전문 미용실로 향하게 되었습니다. 제가 발길을 돌린 이유는 전혀 다릅니다. 연만하신 이발사께서 눈이 어두워지셨는지 9년간 저의 두발을 만져오신 감각을 잃어버리고 두 달 연속 제 머리 모양을 이상하게 만드신 것이었습니다. 그러니 이발사께는 내심 미안한 마음이 들었지만 거울 앞에서 자꾸 좌우로 고갯짓을 하게 되는 저로서는 발걸음을 옮길 수밖에 없었습니다.

우리나라 미용실의 역사는 백 년쯤 됩니다. 1920년에 창덕궁 앞 운니동 87번지에 국내 첫 미용실인 '경성 미용원'이 생긴 이래, 우리 여성들에게도 단발머리가 유행하기 시작했습니다. 이후 1933년에는 일본에서 미용 기술을 배워서 귀국한 오엽주라는 여성 미용사가 화신백화점에 미용실을 개업해 파마를 유행시켰습니다. 당시에는 전기로 머리카락을 지져 모양을 낸다고 해서 전발(電髮)이라고 불렀답니다. 광복 후에는 여러 헤어스타일이 확대되어 서울뿐 아니라 지방 곳곳에도 미용실이 차려졌습니다. 이후 한국전쟁 직후에 158개였던 서울의 미용실이 6년 후인 1959년에는 1,225개로 대폭 늘어났습니다. 여성의 문화생활이 빠르게 확대된 사회 현상이었습니다.

반면에 국내 최초의 이발소는 1901년에 유양호 씨가 인사동에 개업한 '동흥이발소'였습니다. 고종의 단발령이 떨어진 지 6년이나 지난 후였습니다. 개화의 일환으로 내려진 단발령은 우리 풍속의 가치관에 대립되어 자살까지 하는 등 백성의 반발이 커지자, 공포 4년 만에 취소되었기에 이발소의 개업도 다소 늦어졌을 것입니다. 그런 백성의 심경을 반영하듯 당시의 이발소는 두발 미용보다는 상투를 잘라놓고 산발한 머리카락을 어찌하지 못해 찾아오거나, 두발 관리가 불편해 아예 삭발하려고 방문한 평민이 많았답니다. 반대로 단발령의 취소로 다시 상투를 틀려는데 두발 길이가 짧아 누군가가 상투를 짜줘야 하는 상황에서 찾아오는 손님도 많았답니다. 그 바람에 이발사는 이발소 입구에 "상투 짜줌, 배코도 침"이라고 광고 문구를 써 붙여놓았답니다. 점잖 빼는 양반들은 일본인 이발사를 집으로 불러서 그에게 머리를 맡겼답니다.

아마도 지금 40대 중후반 이상의 남성이라면 자신의 유년기에 이발소마다 벽면에 걸려 있던 액자 사진 풍경을 기억할 겁니다. 그 액자는 대개는 세 개쯤이었는데, 그중 하나는 간혹 시내버스 운전석 위에도 종종 걸려 있었습니다. 그것은 액자 속 사진 하단에 손글씨로 "오늘도 무사히"라고 씌어 있던 레이놀즈의 그림 「어린 사무엘」이었습니다. 이발소에 걸려 있던 또 다른 액자는 열 마리쯤 되는 새끼 돼지들에게 젖을 물리고 있던 어미 돼지 가족 그림이었습니다. 그렇게 '평온'과 '풍요'를 소망하는 이미지는 그때나 지금이나 소박한 서민 가장(家長)들의 꿈입니다. 그리고 제가 난생처음 읽은 시(詩)는 세 번째 액자 속에 있었습니다. 밀레의 「만종」 같은 그림 위에, "삶이 그대를 속일지라도 / 슬퍼하거나 노하지 말라"로 시작하는, 러시아 문호 푸시킨의 시 「삶」이 그것이었습니다. 어린 저는 그 글귀가 시인지도 몰랐을뿐더러 어떻게 읽

어야 할지 난감할 정도로 받침이 복잡한 '삶'이라는 낱말을 처음 마주했던 겁니다. 이후 그 시만큼은 제가 춘하추동 여러 해 동안 이발소를 드나드는 동안, 그렇게 초등학교를 졸업하기 전까지 저절로 외워졌습니다. 그리고 보면 그 당시의 이발소는 우리나라 전국 남성들의 유일한 문학 학교인 셈이었습니다.

제가 일 년 전부터 단골손님이 된 우리 동네 미용실의 벽에는 TV가 높이 걸려 있습니다. 그러나 자기 차례를 기다리는 그 어떤 손님도 그 TV 영상을 바라보지 않습니다. 대신 손바닥 크기의 작은 화면에 하나같이 열중해 있습니다. 오늘날의 우리는 전철에서든, 카페에서든, 미용실에서든, 혼자 있을 때면 어디에서든 자기가 열어놓은 액정 화면에 시선을 고정하고 있습니다. 그렇게 자기만의 공간에 빠져 실제 공간을 지우며 살아가고 있습니다. 그럼에도 '삶'이라는 실제 공간에서는 20년 경력의 활달한 두 미용사가 흰 가운을 두르고 앉아 있는 어린 손님이 지루해할까 봐 즐겁게 웃으면서 자꾸 말을 건넵니다. 동네 후미진 데 간판을 달았음에도 미용술이 좋아서 그 미용실은 그다지 붐비지 않을 시간에 맞춰 방문할 때에도 대개 서너 순서 뒤에나 저의 차례가 올 정도로 늘 북적이지만, 피로감을 드러내지 않는 두 미용사는 어린 학생들에게도 유쾌하고 친절하게 대합니다. 그곳 손님 중 연만한 부류일 제게도 마찬가지입니다. 짬이 안 나 점심도 굶고 일한다는 마른 체형의 여성 미용사는 어디에서 그렇게 기운이 나는지 밝게 웃으며 제게도 이렇게 말합니다.

"오늘처럼 이렇게 화창한 봄날에는 정말 출근하기 싫더라고요…."

그분의 생활처럼, 이발소에서 오래전에 사라진, "삶이 그대를 속일지라도 / 슬퍼하거나 노하지 말라"는 푸시킨 시의 액자는 미용 전문인의 '삶' 속에 들어앉아 있었습니다.

✱ 덧말

무엇을 하고 있는 시간이 가장 편안할까요? 개인마다 생활습관과 가치관이 달라서 정답은 없겠습니다만, 제 경우는 이발사나 미용사에게 제 머리를 맡긴 채 졸 듯 말 듯 눈을 감고 가만히 앉아 있을 때입니다. 그 시간만큼은 아무 일도 하지 않아도 되기 때문입니다. 잠을 잘 때도 여러 꿈을 꾸느라고 뒤척이고, 화장실 변기에 앉아 있을 때도 손에 스마트폰이나 책을 들고 있고, 밥을 먹을 때도 대화를 하거나 TV를 시청하고 있으니 아무것도 하지 않을 때는 참 드뭅니다. 그런데 한 달에 한 번 조용한 곳에서 이발 전문가에게 머리를 맡기고 있는 동안은 명상을 하듯 마음이 편안해집니다. 명상하는 동안은 마음이 맑아지지만 이발하는 동안은 몸과 마음이 아늑해집니다, 제 경우엔 말입니다.

특히 제가 두 해 전까지 9년간 단골로 다녔던 이발소가 그랬습니다. 세 평이 채 안 되는 조그마한 이발소였고 이발사께서는 연세도 지긋했습니다. 항상 저는 이발용 철제 의자에 몸을 깊숙이 앉히고는 눈을 감은 채 가위질 소리를 자장가 삼아 모든 생각을 내려놓고 옅은 청각만 가만히 열어놓았습니다. 그러던 어느 날 한쪽 벽에 붙여놓은 작은 TV에서 오래전 귀에 익은 노랫소리가 흘러나왔습니다. "헤일 수 없이 수많은 밤을. 내 가슴 도려내는 아픔에 겨워. 얼마나 울었던가." 트로트의 고전 「동백 아가씨」가 이미자 씨의 목소리에 실려 봄볕 좋은 한낮의 이발소를 채웠습니다. 노래는 말끔한 음성을 타고 청승의 고갯마루를 오르내렸지만, 제 마음은 노랫말과는 무관하게 가락을 타고 아지랑이처럼 하늘거렸습니다.

백 년 동안 손님을 맞이해주는 곳

*

처
가

어떤 집을 '처가'(妻家)라고 부를 수 있는 사람은 그 집의 사위뿐입니다. 그 사위의 아내에게 그 집은 친정이고, 그 부부가 낳은 자녀에게는 외가이고, 그 자녀의 외숙모에게는 시댁이고, 그 외숙모의 부모에게는 사돈집입니다. 이처럼 어떤 집은 그 집안과 관계된 누가 일컫느냐에 따라 집의 정체성이 달라집니다. 22년 전부터 제게도 처가가 있습니다. 제 가족이 살고 있는 집에서 오백 리 거리에 있다는 핑계로 자주 못 가는 처가에 저는 설, 장모 생신, 장인 제사, 추석, 장인 옛 생신 등의 명절이나 기념일에 주로 찾아갑니다. 그렇게 일 년에 대여섯 번 방문하니 그동안 백 번은 넘었겠지만 갈 때마다 모이는 식구가 많아 늘 북적입니다. 7남매 중 6남매의 부부마다 둘씩 낳은 자녀까지 모두 모이면 현관에 신발 벗어놓을 자리를 찾는 일도 쉽지 않습니다. 그러니 대식구의 밥상을 차리는 일도 한 번에 되지 않습니다. 정사각형 교자상 두 개를 떼어놓고 바짝 붙어 둘러앉아도 두 번은 차려야 한 끼니가 해결되니 연로하심에도 손수 하셔야 마음이 편하신 팔순 장모께서는 주방을 벗어날 틈이 없습니다.

더구나 모일 때마다 자식과 사위와 손주들에게 여러 가지 맛난 음식을 풍성히 만들어 주시는 장모의 정성과 넉넉한 씀씀이가 있어서 처가의 밥상은 늘 헤라클레스가 돼야 합니다. 철에 따라 꽃게무침이며 간장게장이며 주꾸미며 갈비찜이며 불고기며 잡채며 도토리묵이며 미역국이며 우럭찜이며 갈치구이며 도라지무침이며 동치미며 총각김치며 파김치며 배추겉절이며, 마당에서 기른 풋고추며 애호박무침까지 밥상에 더 놓을 곳이 없게 가득 채우니 말입니다. 맛도 좋을뿐더러 가짓수가 너무 많아 한두 번씩만 수저가 가면 밥그릇이 비워지고 마니 저로서는 수저를 내려놓을 수도, 안 내려놓을 수도 없어 늘 과식하게 됩니다. 그래서 "처갓집에 송곳 차고 간다."라는 다소 유치한 속담도 생겼을 것입니다. 사위가 처가에 가면 장모께서 꾹꾹 눌러 담아 고봉밥을 퍼 주니 밥이 너무 단단해 송곳으로 쑤셔서 먹어야 할 정도로 사위 대접이 극진하다는 말입니다.

이런 풍습에 착안해서 상차림의 정도를 가족 관계에 빗대어 메뉴 차림을 표기한 한정식집도 있습니다. 그 음식점에서는 코스 메뉴에 가장 낮은 단계부터 고모밥상, 이모밥상, 엄마밥상 순으로 이름 붙이고는 최상위

백 년 동안 손님을 맞이해주는 곳

에 '장모밥상'을 두었습니다. 장모밥상이야 그럴듯하지만 이 메뉴판에서 재미있는 것은 이모밥상을 고모밥상보다 상위에 두었다는 것입니다. 이 기준대로라면 고모는 아버지의 여동생이나 누나이고, 이모는 어머니의 자매이니 부계보다 모계가 조카에게 더 잘 대해준다는 해석입니다. 그리고 보면, 고모에게서 어머니 같은 느낌을 받기보다 이모에게서 어머니의 느낌을 받곤 하니 그 메뉴 설정은 그럴싸해 보입니다. 이모에게서 어머니의 느낌을 받으니 어머니의 어머니에게서는 더할 나위 없겠습니다.

　　　　　　　　　　　　　　　　　　보편적으로 장모는 왜 사위에게 극진할까요? 사위를 백년지객(百年之客)이라고 일컫는 이유를 먼저 살펴야 할 듯합니다. 사위는 왜 백 년 동안이나 손님일까요? 전통사회에서는 딸은 혼인을 하면 출가외인이 되었기 때문이겠습니다. 내가 낳아 기른 사랑하는 딸이 어느 날 신부가 되어 출가해 남의 집안사람이 되었으니 보고 싶어도 쉽게는 만날 수 없는 관계가 되었는데, 그 딸이 어느 날 사위와 함께 친정에 왔으니 얼마나 기쁘고 반가웠을까요. 그런 애틋한 딸과 동행한 사위는 또 얼마나 대견하고 예뻐 보였을까요. 그러니 장모는 맛난 음식을 많이 대접하여 화답하고, 그 화답은 사위에게 기쁨을 주어 다음번에도 흔쾌히 처가에 오게 할 좋은 기억의 심리를 이끌어냈을 것입니다. 그래서 사위가 온다는 소식을 들으면 장모는 찹쌀로 술을 빚고 씨암탉을 잡고 쌀밥을 안쳤을 것입니다.

처가

그런 장모에게는 오랜만에 찾아온 사위도 반가웠겠지만 멀리 시집간 딸이 어미의 손으로 준비한 맛있는 음식을 맛있게 먹는 것을 보면 친정어머니는 흐뭇했을 것입니다. 옛말에, "가장 듣기 좋은 소리는 마른 논에 물 들어가는 소리와 자식 입에 밥 들어가는 소리"라는 말처럼 말입니다. 예나 지금이나 인류에게 사랑의 방향은 중력의 방향과 같아 '내리사랑'입니다. 그래서 자신의 부모보다 자식에게 쏠리기 마련인 것은 인간뿐만 아니라 모든 동물계를 둘러봐도 부인할 수 없으니 출가한 딸과 사위와 외손주에게 향하는 애틋한 마음의 물결은 급히 흐를 수밖에 없을 것입니다.

황제펭귄이 혹한에 얼어버려 부화할 수 없는 자기 알을 계속 품고 있듯이, 오늘날은 전통사회가 아님에도 어미의 마음은 여전해 출가한 딸을 늘 안쓰럽게 여기기 마련인가 봅니다. 그리고 장모는 자신의 딸이 행복하길 바라는 마음 또한 간절해 사위에게 누구보다 잘해주고 싶을 텝니다. 사위가 행복해야 딸도 행복해진다고 여기는 것이 틀린 생각은 아니겠지만, 잘해주려는 마음이 앞서 조심스러워질 때 장모에게 사위는 백년지객이 되는 게 아닐까 합니다. 그렇다고 사위도 자식이니 아들처럼 대해달라고 강권할 수는 없습니다. 그 요구는, 말은 다정하지만 장모에게는 또 다른 부담으로 작용할 수 있기 때문입니다. 연로하신 장모일수록 그분에게 사위는 어쩔 수 없는 백년손님인데 아들처럼 대하기까지 해야 하니 얼마나 부담스럽겠습니까. 그러니 사위는 장모를 어머니와 같이 공경하고 장모는 마음이 가는 대로 사위 대접을 하면 될 것입니다. 좋든 싫든 우리 사회에서 처가의 풍경이 그러하니 "사위 사랑은 장모"라는 말이 괜히 있는 게 아닐 텝니다.

✱ 덧말

저의 처가는 충남 서해에 있는 작은 어촌에 있습니다. 처가에서 걸어서 채 5분도 안 걸리는 거리에 어항(漁港)이 있습니다. 그곳의 작은 어선들은 원래는 어부들이 생계를 위해 인근 바다에서 고기잡이하던 고깃배였습니다. 그런데 몇 해 전부터 봄가을이면 주꾸미, 갑오징어, 우럭 등을 낚기 위해 찾아오는 배낚시꾼들이 줄을 이어 방문해 이제 어선들은 대개 대여용 낚싯배로 전용되었습니다. 일종의 전세 택시가 된 겁니다. 한번 출항하면 9시간 동안의 대여비가 70만 원이라니 수입이 짭짤해졌겠습니다. 예전에 비해 주변 부동산 가격도 많이 올랐다니 동네에서 논밭 농사를 짓는 마을 주민들은 재산도 두둑해졌겠습니다.

　　　　제 아내를 포함해 처가의 7남매는 대부분 고등학교를 도회지로 진학해 어촌을 떠났습니다. 처가의 코앞에는 이제는 전교생이 열 명밖에 안 되는 초등학교가 있습니다. 오래전 그곳에서 함께 학교생활을 했던 선남선녀가 청소년기에 헤어졌을 텝니다. 그래서 개중에는 훗날 어부가 되어 짝사랑했던 동창을 그리워하며 이런 노래를 흥얼거렸을지도 모르겠습니다. "몰아치는 푸른 물결 / 갈매기도 잠이 들고 / 너를 보낸 등대불만 외로이 잠 못 이루네. / 쓸쓸한 부둣가에 가로등 멀리 / 홀로 떠난 외로운 소녀야." 그 소녀일지도 모를 한 여인은 성년이 된 지 오래되었습니다. 도시에서 대학을 졸업한 그녀는 서른이 되기 전에 결혼했습니다. 그녀의 남편은 한국적인 펑키 음악의 세계를 열었음에도 제대로 평가받지 못한 6인조 혼성 밴드 들고양이들(The Wild Cats)의 「정든 부두」를 좋아하는 재산 없는 남자입니다. 그와 함께 그녀는 일 년에 대여섯 번 친정에 갑니다.

3부

곡
곡

수천 년의 이야기가 모여 있는 곳

*

서
점

책으로 숲을 이루고 있어서 서림(書林)입니다. 다른 흔한 말로는 서점(書店)이지요. 말 그대로 '책 가게'입니다. 과일 가게, 빵 가게, 옷 가게와 마찬가지로 서점은 가게라는 공간에서 별도의 상품을 판매하는 상점입니다. 생선과 상추 같은 자연 상태의 생물이나, 수석(水石) 같은 무기물 그대로를 판매하는 상점도 있지만, 오늘날 하고많은 상점들에서는 주로 사람의 손이나 기계를 거쳐 가공된 상품을 판매합니다. 농부가 재배한 곡식으로 빵을 만들어 파는 상점이 빵 가게이듯 말입니다. 이처럼 상점 중의 상당수는 의식주(衣食住) 생활에 필요한 생필품을 판매합니다. 생활인들이 우선으로 필요해하는 순서에 따른 당연한 결과이겠습니다.

다른 상품도 있습니다. 이를테면 책 말입니다. 한평생 단 한 권도 읽지 않아도 생활하는 데는 큰 문제가 발생하지 않으니 책은 생활필수품은 아닙니다. 그나마 의미를 부여해서, 책은 '문화생활'의 근본적인 사물이기에 '문화상품'이라고 부릅니다. 생필품은 아니어도 어떤 이들은 중요하게 여기는 그 상품들을 다양하게 갖춰 판매하는 곳이 서점입니다. 그곳에서 독자를 기다리는 책들은 언어나 이미지로 나타낸 의식 활동을 묶어놓은 결과물입니다. 그러기에 모든 책에는 지은이가 있습니다. 지은이의 원고는 출판사 편집자를 통해 정리되고, 북디자이너의 손에서 책의 꼴을 갖춰, 제지 회사에서 만든 종이에 인쇄되고 제본되어 책으로 태어납니다. 그러고는 서점에 유통되어 독자의 눈과 손에 닿아 선택되거나 외면당합니다.

인류가 발명한 최고의 문화유산이라는 '책'은 인류의 지성과 감성을 진화시켜왔습니다. 그 주인공은 저술가와 독자이지만, "사람은 책을 만들고 책은 사람을 만든다."라는 경구의 가교 역할은, 다시 말해서 '사람과 책', '책과 사람' 사이에는 출판사와 서점이 존재합니다. 그래서 서양에서도 예전에는 출판사와 서점이 한 몸인 경우가 많았습니다. 일본에서는 아직도 위층은 출판사, 아래층은 서점을 운영하는 오래된 사업체가 적지 않답니다. 그러나 엄연히 출판사는 책의 제조업체이고 서점은 책의 유통업체이기에 오늘날에는 대개 각각 분화되어 독립적으로 운영합니다. 또한 서점은 갈수록 기업화되어 전국 각지에 지점을 확장해가는 추세일뿐더러, 국내에서는 1998년부터 온라인 서점이 등장해 이미 스마트폰을 쥔 우리의 손에 들어와 있습니다. 편리함뿐만 아니라 할인 혜택도 받을 수 있어서 온라인 서점들의 매출 규모는 해마다 늘어나 전통적인 매장 서점 전체 매출을 위협하고 있습니다.

　　　　　　　　　　　　이런 상황이니 경쟁력이 약한 동네 서점의 폐업률은 갈수록 높아질 수밖에 없습니다. 20년 전에 5,300여 곳이었던 전국 서점이 최근에는 1,500여 곳으로 줄었다니, 그사이에 10곳 중 7곳이나 문을 닫았다는 말입니다. 이런 추세라면 훗날엔 서점 자체가 서적 박물관이 되어버릴지도 모르겠습니다. 실제로 청계천 등지에 간신히 남아 있는 몇몇 헌책방은 그 자체가 쪼끄만 박물관인 셈입니다. 그나마 다행한 일은 근래에 일부 지역에서 '독립' 서점들이 자연발생적으로 등장하고 있다는 것입니다. '서점+찻집'도 있고, 치맥을 패러디해 '책맥'하는 '서점+맥줏집'도 생겨나 '혼술족'에게 인기를 끌고 있습니다. 또한 시집이나 어린이 책만 판매하는 서점도 있고, 책방 주인장이 읽은 책들로만 구성해 조언과 추천을 덧붙여 판매하는 서점도 등장해 단골손님을 확장하고 있답니다.

　　　　　　　　　　　　오래전 대학 시절 이야기입니다만 제게도 단골 서점이 있었습니다. 매주 한 번 이상 들렀던 그곳은 종종 저의 약속 장소였습니다. 저는 일부러 약속 시간보다 30분이나 한 시간 정도 일찍 도착했습니다. 그곳에서 저는 새로 나온 시집들을 뒤적이다가 마음이 끌리면 계산대로 가져갔지만 때때로 주머니 사정을 고려해 10여 년 전에 발간되어 옛 정가가 붙어 있

는, 즉 반값밖에 안 되는 시집을 고르곤 했습니다. 그러고는 흐뭇한 마음으로 서점을 나와서는 아낀 돈으로 친구와 함께, 말 그대로 서서 마시는 선술집으로 향했습니다. 아마도 그 서점 입장에서는 오래된 재고 책들을 반품하는 수고를 덜어서 좋았을 텝니다. 하지만 아쉽게도 그 서점은 그 후 10년쯤 지나서 폐업하고 말았습니다.

서점은 책의 집이자 미지의 세계로 입장하는 관문입니다. 그 앞에서 머뭇거리지 않고 그 문을 열고 들어간 독자는 낯선 별에 도착한 어린 왕자의 질문도 받고, 빅뱅 이론에 근거한 우주의 기원을 추적하며 아득한 상념에 잠기기도 합니다. 또한 북간도에 계신 어머니를 떠올리며 땅바닥에 자기 이름을 쓰고 가만히 흙으로 덮은, 별이 된 시인의 감성을 조용히 뒤따라가 보기도 하고, 소나기에 젖었던 옷을 입힌 채 묻어달라던 소녀의 유언을 읽으며 코끝을 훔치기도 합니다.

왜 작가가 되었냐는 질문에 '여러 인생을 살아볼 수 있기 때문'이라고 대답한 밀란 쿤데라의 말처럼, 유한한 인생의 여정에서 다양한 간접 경험을 할 수 있는 방법은 책을 쓰거나 책을 읽는 일일 텝니다. 그리고 그것이 가능하게끔 작가와 독자를 잇는 돌다리가 서점일 텝니다. 그러기에 서점은 세상만사가 빼곡히 모여 있는 또 다른 세계인 셈입니다. 그 세계에서 삶의 지평을 확장하는 일은 독서를 적극적으로 즐기는 자만의 몫이 아닐까, 생각합니다.

수천 년의 이야기가 모여 있는 곳

✱ 덧말

서점에 가면 음악을 듣게 되는지요? 듣게 된다면, 어떤 음악을 듣게 되는지요? 독자마다 읽고 싶은 책의 분야가 다양하듯이 음악도 개개 인마다 취향과 기호가 있기 마련인데, 서점에 음악을 튼다면 어떤 장르의 음악이 어울릴까요? 서점 주인의 취향대로 선곡될 수 있고, 브람스의 바이올린 협주곡 같은 클래식을 틀어놓기도 하겠습니다. 제가 다녀본 서점들은 대개 후자였습니다. 하지만 그 음악 소리는 (좋게 보면 은은한 색조의) 들릴 듯 말 듯한 작은 소리였습니다. 그래서 서점을 방문한 소비자들은 음악 소리가 나는지조차 의식하지 못하는 경우가 많을 듯합니다.

　　　서점 주인이 그곳만의 분위기를 연출하기 위해 나름의 음악을 직접 선곡하여 서점 공간을 책과 함께 음악으로 채운다면 어떨까요? 인류 역사에서 문자보다 앞섰을 미술과 음악은 인류 문화의 뿌리일 테고, 책 자체가 문자와 미술의 복합체이니, 거기에 허브 향 같은 청량한 음악을 효과적으로 더한다면 문화의 기본 요소를 다 갖춘 셈일 테니까요. 그런 서점이 있다면, 당장 떠오르는, 제 마음이 기대하는 곡이 있습니다. "Hello darkness, my old friend"로 시작되는, 사이먼과 가펑클의 듀엣 화음이 멋진 곡「The Sound of Silence」입니다. "당신을 깨우칠 나의 말을 들으세요. 당신에게 내미는 나의 손을 잡으세요."라는 노랫말이, 책과 서점의 존재가치를 말해주니까요.

슬픔의 무게를 함께 들어주는 곳

빈
소

최근 사흘 동안 연일 부고(訃告)를 받았습니다. 그 세 번째 부음은
두 번째 문상 중에 받아 웬일인가 싶었습니다. 노을빛 하늘로 날
아가는 철새 떼가 떠올랐습니다. 선배 부친상이었던 그 부음은 발
인 이틀 전 밤에 받았기에 문상할 수 있는 날은 이튿날뿐이었습
니다. 하지만 빈소는 먼 지방에 차려졌고 다음 날은 오후 3시부터
저녁까지 이어지는 긴 회의가 잡혀 있었기에 상주(喪主)에게 직접
조문할 수 없었습니다. 미안했지만 제게 동행을 제안한 친구에게
부의금을 부탁했습니다. 자주 만나지 못하는 정다운 친구와 동행
했더라면 오랜만에 고속버스 좌석에 나란히 앉아 도란도란 얘기
를 나누며 요즘의 관심사나 세상 돌아가는 소식도 주고받았겠습
니다. 그렇게, 세상의 모든 빈소에서 인생을 마감한 고인은 본인
의 명복을 빌러, 상주를 위로하러 찾아오는 문상객들을 한자리에
불러 모읍니다.

때때로 사람들은 부음을 듣고도 문상하는 일이 불편할 듯싶으면 모른 체하거나, 지인에게 부의금만 대신 부탁하거나, 복잡하지 않을 시간대에 빈소에 서둘러 다녀오곤 할 것입니다. 빈소까지의 거리가 멀기 때문이기도 할 것이고, 함께 문상할 만한 지인들과 시간이 안 맞아 혼자 문상하기가 뻘쭘해 포기하는 경우도 있을 테고, 불편한 사람들과 혹시 맞닥뜨릴까 봐 지레 피하고 싶은 마음 때문이기도 할 것입니다. 저 역시 어떤 부음을 받고는 빈소가 근교일 때는 잠시 짬을 내어 혼자서 낮 시간에 다녀오곤 합니다. 그럴 때는 대개 저녁에는 다른 약속이나 일정이 있기 때문이지만, 저의 소심하고 까탈스러운 성격 탓에, 빈소에서 만날 법한 불편한 사람들을 가능한 한 피하고 싶은 마음의 선택일 때도 있습니다.

그러고 보면, 고인이나 상주를 통해 연결된 사람들은 그 당사자와는 돈독하거나 인사를 빠뜨리지 않아야 하는 관계이겠지만, 문상객끼리는 서로가 아예 모르는 관계일 수는 있어도, 서로가 아는 사이라면, 상호 간에 편한 관계일 수만은 없을 텝니다. 주위에서는 잘 모르는, 어떤 조문객들끼리만 일어난 나름의 사연도 있을 테니 말입니다. 그래서 아이러니하게도 빈소는 현실에서 더 이상 만날 수 없는 고인이 안치된 슬픈 장소이자, 맞절로써 상주를 위로하고 조문을 고마워하는 정감 있는 곳이지만, 어떤 문상객들끼리는 서로가 불편한 자리가 되기도 합니다.

그런가 하면 오랫동안

잊고 지냈던 반가운 지인을 빈소에서 우연히 만나기도 합니다. 그런 날은 마치 고인이 떠나며 두 사람의 친분을 다시 단단히 묶어주기라도 한 듯이 마음이 더욱 살가워져 명함을 주고받거나 바뀐 전화번호를 저장하고는 밤늦도록 마주 앉아 빈 술잔을 채우며 상가가 잔칫집인 양 이야기꽃을 피우게 됩니다. 더욱이 호상(好喪)인 경우엔, 이야기꽃 향기를 맡은 상주가 조문객이 뜸한 틈을 타 함께 자리해 잠시나마 장례 중임을 망각하기도 합니다. 그러다 보면 보통 때 같으면 상주에게, "장례 잘 치르려면 기운 내야 하니 식사 거르지 마시라"며 온정을 건네곤 했던 말과는 달리, 최근 제가 문상했던 선배 모친상의 빈소에서처럼 전혀 다른 말을 건네기도 합니다. 즉 상주에게 "이참에 며칠 굶어 번번이 실패했던 다이어트에 성공하세요."라는 좀 지나친 농담을 던지게 되기도 합니다.

그럼에도 빈소에서는 지켜야 할 예의가 있습니다. 예전 같으면, 부모상을 당한 상주는 그 자체가 불효이기에 자책하며 장례 내내 말을 아껴야 했습니다. 오늘날의 통념은 좀 달라졌기에 그렇게까지는 하지 않더라도, 상주가 장례식장 바깥까지 나와 문상객을 배웅하는 것을 상서롭게 보지 않는 눈길들도 있으니 상주는 자제해야겠습니다. 상주는 발인 때까지 빈소를 잘 지키고 있어야 하는 유일한 사람이기 때문입니다. 또한 조문객은 아무리 호상일지라도 빈소에서 큰소리로 웃거나 떠드는 것은 큰 실례를 범하는 것이니 삼가야 합니다. 또한 빈소에서 아무리 반가운 지인을 만났더라도 술잔을 들어 건배를 하면 안 됩니다. 빈소는 고인과 작별하며 명복을 비는 장소이지 결혼식의 피로연장이 아닙니다.

　또 하나. 발인 전날 점심 이후 낮 시간에는 조문을 피해야 합니다. 입관(入棺) 시간과 겹칠 수 있기 때문입니다. 고인에게 수의를 입혀드리고 입관하기까지는 두 시간가량 걸리기에 조문을 하더라도 상주를 만날 수 없습니다. 문상객이 그 시간을 기다리더라도 입관식을 하는 동안 고인의 가족은 이튿날 하관(下棺)할 때만큼이나 오열의 슬픔에 싸일 가능성이 많습니다. 그래서 방금 입관 절차를 마친 상주와 그의 가족에게는 잠시 마음을 추스를 여유가 필요합니다. 추모와 조문을 위해 일부러 걸음 하는 것이니 조문객이 상주를 배려하는 것은 당연합니다. 고인의 별세로 상주의 심신은 힘드니 상주를 위로하고 도와야 할 사람은 조문객뿐입니다. 그래서 흔히 경사에는 불참하더라도 애사는 꼭 챙겨야 한다는 지당한 말이 있는 겁니다. 기쁜 일은 함께하는 이가 많지 않아도 그 자체로 기쁘지만, 슬픈 일은 위로하는 이가 많을수록 슬픔을 견뎌내는 데 도움이 되기 때문입니다.

✳ 덧말

십사 년 전, 추석을 열흘 앞둔 가을비 내리는 날에 선친께서 별세하셨습니다. 이후 저는 시시때때로 떠오르는 선친 생각에 종종 상념에 잠겼습니다. 비 내리는 날이면 어김없이 마음이 아팠고, 운전을 하다가도 느닷없이 시야가 흐려졌습니다. 그러는 동안 계절은 바뀌고 다시 가을이 돌아왔습니다. 그렇게 저도 모르는 사이에 지구는 쉼 없이 움직여 태양의 먼 둘레를 한 바퀴, 두 바퀴, 세 바퀴를 돌았습니다. 그러고 보면, 지구의 자전과 공전만큼 '세월'을 가장 객관적으로 나타내는 표상도 없겠습니다.

　　　　　왜 우리의 전통 사회에서 삼년상을 지냈는지, 선친께서 세상과 작별하시고 3년이 지나 4년이 가까워졌을 무렵 문득 저는 알게 되었습니다. 그러기까지 두어 계절이 지나는 동안, 그전까지는 불현듯 떠올라 가슴에 스미던 선친 생각이 차츰 잦아들었기 때문입니다. 3년쯤의 시간이 지나면 사무침의 농도가 옅어지나 봅니다. 그래서 삼년상을 지냈나 봅니다. 그래도 저는 가끔 선친이 가엾고 그립습니다. 3년이 지나서도 제가 과음한 날 밤이면 입속말로, 아버지 아버지 하며 느릿느릿 걸어 귀가하던 습관도 있었습니다. 그럴 때면 제가 청춘 때 꼬박 이틀간 공안기관에서 곤욕을 치른 즈음에 자주 불렀던 노래를 나지막이 불렀습니다. "눈들이 비단안개에 둘리울 때, / 그때는 차마 잊지 못할 때러라. / 만나서

울던 때도 그런 날이오, / 그리워 미친 날도 그런 때러라." 소월의 시 「비단 안개」에 작곡가 이영조 씨가 곡을 붙인 노래입니다. 봄밤에 아들이 체포돼 사라진 이틀간, 선친께서는 얼마나 마음 졸이며 길기만 했을 낮밤을 뜬눈으로 보내셨을까 생각하니, 당시 선친의 나이에 다다른 불효자는 또 눈이 아파옵니다.

슬픔의 무게를 함께 들어주는 곳

단돈 몇십 원으로 언어 예절을 배웠던 곳

＊

공
중
전
화

부
스

편의점이나 치킨집처럼 도처에 자꾸 생겨나는 상점이 있는 반면, 예전에는 번호표도 없이 순서를 기다려야 할 만큼 행인들이 자주 찾아갔던 곳이 있습니다. 오늘날에는 대다수의 행인이 휴대폰을 소지하고 있기에 이미 오래전에 발길이 끊긴 '공중전화 부스'가 그곳입니다. 20년 전까지만 해도 도심 곳곳의 공중전화 부스는 자석처럼 행인을 끌어들이는 힘이 있었습니다. 그래서 당시에는 공중전화 이용자들의 눈길을 인근 상점에 닿게 하려고 상가에서는 일부러 매장 앞에 공중전화 부스를 유치해 그곳에서 발생하는 전기료를 대신 내주기까지 했을 정도였습니다. 하지만 지난해 신문 기사에 따르면 정반대 현상이 벌어졌습니다. 이제는 아무도 발걸음하지 않는 공중전화 부스에서 발생한 지난 14년간의 전기료를 계산하여 KT로부터 504만 원을 보상받은 상가 주인이 있을 정도가 되었으니 말입니다("KT 공중전화, 옆 상가에 504만원 물어준 이유는?」,『한겨레』, 2017. 5. 31).

　　　　　　　　이렇게 시대에 따라 인기가 오르내린 공중전화는 공공장소에 설치되어 정해진 사용료만 지불하면 누구나 이용할 수 있는 전화기입니다. 세계 최초의 공중전화기는 1889년에 미국의 발명가가 동전으로 작동하게끔 고안한 것이었습니다. 국내에는 1902년에 처음으로 서울의 네 곳에서 개통된 이후 1926년에 정식으로 전화국과 우체국에 설치되어 보편화되었습니다. 그 후 1980년대까지는 대개 동전으로 공중전화를 사용했지만, 서울올림픽이 열렸던 1988년부터는 점차 공중전화 전용 카드로 대체되어 1990년대에는 전용 카드가 일반화되었고, 1990년대 후반부터는 신용카드로도 공중전화를 이용할 수 있어서 더욱 편리해졌습니다. 하지만 21세기에 들어서 다수의 국민 손아귀마다 휴대폰이 들려 있게 되어 오늘날의 공중전화는 군 복무를 하고 있는 사병들 말고는 그 존재조차 망각된 지 오래되었습니다. 그러니 훗날에는 한때 많은 직장인이 허리띠마다 차고 있던 '삐삐'(호출기)처럼 역사 속으로 슬그머니 사라질지도 모를 일입니다.

　　이렇게 유선통신에서 무선통신 시대로 전환되자 달리는 열차 안에서도 통화 버튼만 누르면 발신도 착신도 가능해져 전화 통화가 자유로워졌습니다. 이제는 직장에서의 업무 통화조차 유선 전화기보다 더 효율적인 개인 휴대폰으로 주고받는 경우가 더 많아졌습니다. 상대와 통화하기까지의 대기 시간을 줄이려는 마음 때

　　　　　　　　단돈 몇십 원으로 언어 예절을 배웠던 곳

문일 텝니다. 무선통신을 소망했던 사람들은 공학자만이 아니었습니다. 초등학생 때 저는 훗날 클래식 음악가가 된 단짝 친구와 방과 후 내내 놀고도 각자 집으로 헤어지는 게 아쉬웠습니다. 집에 돌아와 팔베개를 하고 누워 저 혼자 생각하기를, 우리에게 무전기가 있다면 한밤에도 얘기를 나눌 수 있지 않을까 하는 공상에 빠지곤 했습니다. 그런 이튿날에는 그 흉내라도 내고 싶어서 방과 후 학교 운동장 가장자리에 줄지어 선 양버즘나무 간격만큼 친구와 저는 서로 멀찍이 떨어져 마주 섰습니다. 훗날 펜과 악기를 쥘 우리의 꾀죄죄한 손에는 긴 무명실로 연결된 야쿠르트 빈 통이 각각 들려 있었습니다. 그러고는 그것이 무전기인 양 "잘 들리나? 오바!" 하면서 야쿠르트 통 입구에 입과 귀를 번갈아 대며 싱거운 말을 주고받았습니다.

　　　　　세월이 지나 이십 대가 되어 서로 간에 연락이 끊긴 지 여러 해가 지난 어느 가을 밤, 귀갓길에서 저는 희미한 가로등 불빛 아래 처량히 서 있는 공중전화 부스 앞에 문득 멈춰 섰습니다. 주머니에서 꼬깃꼬깃한 수첩을 꺼내 친구 이름을 찾아낸 저는 구리 동전 몇 개를 넣고 주홍색 전화기의 다이얼을 돌렸습니다. 저의 인사말이 끝나자 연밥 모양의 수화기 속에서 친구 어머니 목소리가 가볍게 떨리며 반기셨습니다.

　　　　　"에그 야야, 며칠 일찍 전화하지 그랬냐, 원택이 갸가 일주일 전에 혼인식하고 바로 독일로 유학 가버렸구나."

말씀을 들으며 저는 친구 어머니께 면구할뿐더러 앞으로 유년의
단짝을 평생 못 만날 것 같은 생각이 들어 수화기를 내려놓고도
한동안 우두커니 서 있었습니다.

　　　　　　　　　　혼인이라는 큰 경사를 모르고 지
낼 만큼 친구와 제가 소원해지기까지는 우리가 성인이 된 이후 당
면한 사회적 삶의 관심이 달라 서로 다른 세계를 꿈꾸며 서로 다
른 사람을 만났기 때문이었을 것입니다. 그리고 예나 지금이나 청
춘의 관심은 당장에 핀 꽃인 연인의 향기에 취해 있기 마련이어서
저뿐만 아니라 당시 (특히 한밤에) 곳곳의 공중전화 부스에 들어가
서 있는 수많은 청춘들의 호주머니에서 나온 동전은 각자 연인의
꿀주머니를 향해 공중전화기에 투입되고 있었기 때문이지 않을까
생각합니다. 세상을 재해석하고 싶었던 저도 친구에게 무심했습
니다만, 당시 클래식 음악을 전공하는 동반자를 만나 20대 중반에
혼인과 유학을 함께한 친구로서는 더욱 그랬겠습니다.

　　　　　　　　　　　　　　　꽃에게 날갯
짓하든, 월세 보증금을 구하든, 부모님께 안부를 묻고 전하든, 정
말이지 그 시절엔 해가 지고 나면 공중전화 부스마다 늘 두세 명
쯤은 자기 차례를 기다리고 있었습니다. 때로는 통화 시간이 길어
져 차례를 기다리는 사람의 눈총을 피하려고 한여름임에도 불구
하고 공중전화 부스 문을 닫고는 그 좁은 공간에서 땀을 뻘뻘 흘

려가면서 통화하는 사람도 드물지 않았습니다. 또는 문 닫힌 그곳에서 담배 연기를 자욱이 피운 채—당시는 열차 안에서조차도 흡연하는 게 문화적으로 그리 실례가 아니었던 시절이었습니다.— 그리움으로 접은 마음의 종이비행기를 수화기 속으로 날려 보내는 청춘도 많았습니다.

그렇듯 당시에는 한정된 통신기기를 전 국민이 함께 사용해야 했기에 전국 곳곳의 공중전화 부스에는 날마다 재미있는 수다나 애달픈 흐느낌이 전화기에 투입되는 동전만큼이나 쌓였을 텝니다. 자기 차례를 기다리며 통화하기까지 같은 장소에서 누군가와 함께 대기한다는 것은 분명히 불편한 제약이었습니다. 그러나 돌이켜보면, 당시의 국민은 순서를 기다리며 낯모르는 사람을 의식하고 배려하면서, 때로는 어떤 이용자들의 무례한 이기심에 눈총을 쏘면서, 공공 윤리라는 가치와 태도를 은연중에 배우지 않았을까 합니다. 그리고 그 시절에는 공중전화에서 걸려온 집전화를 받은 첫 수신자가 누구인지에 따라 대면도 없이 인사를 나눌 일이 잦았기에 발신자와 수신자 간에는 사회적 예의를 주고받았습니다. 따라서 많은 공중전화 부스는 자연스럽게 의사소통을 위한 인간관계의 교육장이 되었습니다. 특히 9시 뉴스가 진행된 이후의 밤 시간에는 발신자의 예의는 더욱 깍듯해야 했습니다. 그 언어 예절의 교육비는 한 번에 몇십 원이었습니다.

단돈 몇십 원으로 언어 예절을 배웠던 곳

✱ 덧말

30년쯤 전의 어느 여름날이었습니다. 집에서 낮잠을 자던 저를 흔들어 깨우는 집전화 벨소리에 부스스 일어나 수화기를 들었습니다. "여보세요?" 했지만, 발신자의 목소리는 들리지 않았습니다. 대신 귀에 익은 노랫소리가 담장 그늘 아래에 핀 나팔꽃의 정취처럼 잔잔히 들려왔습니다. "잊었던 말인가 나를, 타오르는 눈동자를…" 카세트테이프에 녹음되었을 남궁옥분의 노래 「재회」였습니다. 저는 더 이상 말을 하지 않고 수화기에서 들리는 노랫소리를 마저 들었습니다. 노래가 끝나자 발신자는 수화기를 내려놓았습니다. 눈을 껌뻑이며 저도 내려놓았습니다. 궁금했지만 어떤 단서도 없었기에 발신자를 알 수 없었습니다. 하루가 지나서는 누군가의 장난 전화일 거라고 생각했습니다. 그럼에도 노랫말은 여러 날 제 머릿속에 남았습니다. 물론 그날의 발신자는 여전히 모릅니다. 사반세기가 지나 멜로디를 흥얼거리며 노랫말을 이어봅니다. "잊었단 말인가 그때 이름을, 아름다운 기억을…"

"당신은 내가 당신인 줄도 모르고 끌고" 가는 곳

✳

사
무
실

오랫동안 해오던 일도 열흘쯤 쉬면 일손의 감각도 떨어지나 봅니다. 꼬박 열흘이었던 지난 추석 연휴가 끝나고 일터에 복귀한 직장인들이 연휴 후유증을 앓는다는 기사가 주요 뉴스에 오르고 그 댓글에서는 앓는 소리가 요란합니다. 드물게 길었던 연휴가 즐거웠던 사람들일수록 그 시간은 짧고 아쉽게 느껴질 테고, 열흘을 불편하거나 공허하게 보낸 사람일수록 그 시간은 길고 지루하게 느껴졌을 텝니다. 추석 당일과 앞뒤 이틀간 본가와 처가를 다녀온 것 말고는 일주일이나 되는 자유로운 시간 동안 개인적으로 계획 세운 일 중 뭐 하나 야무지게 추진하지 못하고 이것저것 찔끔찔끔 만지작거리다가 연휴를 마친 저로서는 무뎌진 심신에 피로만 더 쌓인 것 같아 거북한 기분으로 업무에 복귀했습니다.

5층 건물의 3층에 위치한 사무실까지 걸어 올라갈 때까지도 개운하지 않은 컨

디션으로 출입문 앞에 섰습니다. 평소대로 지문 인식 보안장치에 오른손 검지를 갖다 대자 잠금장치가 해제됐습니다. 직원들과 인사를 주고받으며 저의 자리로 가자마자 PC의 전원 버튼부터 눌렀습니다. 부팅되는 시간을 기다리는 게 지루해 생긴 습관입니다. 이어서 겉옷을 옷걸이에 걸고 나서 자리에 앉아 실내용 슬리퍼로 갈아 신었습니다. 다시 의자에서 일어나 책상 한쪽에 놓인 빈 머그잔을 왼손에 쥐면 PC 모니터에 사용자 암호를 입력하라는 화면이 뜹니다. 선 채로 키보드에서 숫자 네 개를 오른손으로 두드려 넣고 실행 키를 터치합니다. PC가 여러 구동 프로그램들을 준비하는 동안 저는 머그잔을 들고 탕비실로 들어갑니다. 싱크대에서 저의 전용 머그잔을 씻는 동안 원두커피 자동 머신을 워밍업시킵니다. 물기를 닦고 머신 받침대에 머그잔을 올려놓습니다. 커피 농도는 중간, 물의 양은 한 컵으로 설정해 작동시킵니다. 머신 분쇄기에서 원두가 갈리고 물에 섞여 짙은 황토색 아메리카노가 머그잔 속으로 흘러듭니다. 머그잔 표면에는 붉은색 글씨로 "당신은 내가 당신인 줄도 모르고 끌고 간다"라는 김혜순 시인의 시구가 씌어 있습니다.

그 시구의 "내가"를 '일이'로 바꾼 사무실에서의 저의 일과가 시작됩니다. 출근 직전이었던, 불과 5분 전까지만 해도 무거웠던 심신이 저의 자리에 앉아 뜨거운 커피 몇 모금을 마시면 마치 뭉게구름 사이에서 고개를 내미는 햇볕처럼 의식이 선

명해집니다. 그러면 저는 10분 뒤에 있을 주간 회의의 주제들을 떠올리면서 직원들이 유기적으로 처리해야 할 한 주간의 주요 업무들을 체크합니다. 동시다발로 진행되고 있는 신간 도서들의 현황을 점검하고 일의 일정과 경중을 고려해 기획 검토 및 원고 상황과 편집, 디자인, 제작, 홍보, 마케팅에 이르기까지 단계적 역할과 스케줄을 확인하고 일을 나눕니다. 그때가 중요합니다. 업무를 나누는 일이 중요한 건 어떤 역할의 일을 누가 실행하느냐에 따라 그 결과가 달라지기 때문입니다. 일 경험이 적어 총체적인 일머리나 세부적인 해결 능력이 부족한 직원에게는 책임 있는 연출이나 마무리 과정을 맡길 수 없을뿐더러 적절히 맡긴 일에도 노파심이 생겨 거듭 확인해야 하지만, 그럼에도 신입 사원이 아니라면 그 결과는 대개는 경력의 길이보다는 일 욕심의 정도에 비례합니다. 오히려 연차가 여러 해 되었음에도 유연하지 못한 타성에 젖어 있거나 궁리를 피하고 일을 겁내 하는 직원의 경우엔 일의 진행도 더디거니와 그 결과가 좋지 못합니다.

현실이 그러다 보니 어느 회사든지 일 욕심이 많은 직원이 일을 더 많이 맡게 되고 실제로 더 많은 일을 해냅니다. 조직 규모가 작은 회사일수록 여러 부문의 업무를 어느 한 직원이 겸직하는 경우도 발생합니다. 그 당사자는 이왕에 이 분야에 발을 들여놓았으니 전문적이고 종합적으로 그 세계를 꿰뚫고 싶을 테고, 그 마음가짐이 스스로를 추동시킬 것

"당신은 내가 당신인 줄도 모르고 끌고" 가는 곳

입니다. 문제는 일중독입니다. 오래전 출판계에 처음 몸담았던 저 역시 몇 해 동안은 그야말로 밤낮없이 일했습니다. 회사의 규모가 작지 않아 이미 정해진 업무에는 각각의 담당자가 있었지만 새로운 사업 모델을 추진하려는 즈음에 제가 입사하게 되어 온갖 잡무와 편집 업무는 물론 그때까지 누구에게도 주어진 바 없는 신설 기획 준비 업무가 하나둘씩 제게 맡겨졌습니다. 더구나 IMF 여파로 회사 경영이 힘들 때 급여는 동결되었고 자발적으로 퇴사한 직원들의 빈자리가 두 개나 생기자 제가 잘 알지 못했던 제작과 마케팅 부문에까지 일 욕심이 더해져 저는 자원해서 그 업무까지 도맡아 일했습니다. 그러니 그 한두 해 동안 저는 제때의 퇴근 시간을 가질 수 없었습니다. 시쳇말로 "집에 다녀오겠습니다."라는 말은 딱 저를 두고 한 말이었습니다.

　　　　　　　　　　그러자 몇 해 후 저는 일에 지쳐버렸습니다. 그사이 회사 매출이 높아져 직원들은 충원됐지만 그때 저는 책임자가 돼 있었고 부챗살처럼 펼쳐진 저의 일은 줄어들지 않았습니다. 더욱이 저의 심신은 멈추지 않는 기관차처럼 달려만 가고 있었습니다. '아, 이런 게 일중독이구나!' 싶었습니다. 그 후 3년이 지나 저는 자진 퇴사했습니다. 그대로 몇 해만 더 지나면 길 끊긴 풀숲에서 멈춘 제 인생의 바퀴가 헛돌고 있을 것만 같았습니다. 사직서를 내고 실제로 사직하기까지도 후임 문제로 5개월이나 걸렸지만, 결국 저는 퇴사했습니다. 퇴사한다는 것은 더 이상 사무실에 출근하지 않는다는 뜻이고 노동의 대가로 받는 보수도 끊긴다는 것을 의미하지만, 선택과 결정은 또 다른 행로에 그를 서 있게 합니다. 그러나 누구든 일에 대한 태도는 잘 바뀌지 않습니다. 일을 겁내 하는 사람일수록 당장의 직장을 떠나지 못하고, 늘 일을 헤쳐 나가는 사람은 일터가 어디든 낯선 바다에서도 해녀처럼 일에 풍덩 달려들어 자맥질합니다. 그러나 앞서 언급한 시처럼, 처연하게도 우리는 일 앞에서 "당신은 내가[일이] 당신인 줄도 모르고 끌고" 갑니다.

✳ 덧말

제가 일하는 직장의 근무시간은 사무원이 다니는 대개의 회사처럼 오전 9시부터 오후 6시까지입니다. 저는 근무일 중 절반은 야근을 합니다. 야근 중 절반은 사무실에서 잔무나 외부 인사와 회의를 하고, 다른 절반은 업무와 관련된 사람들과 술자리를 합니다. 야근이 없는 날은 가능한 한 업무 종료 시간에 맞춰 퇴근합니다. 시내버스와 전동열차와 마을버스를 갈아타고 사무실에서 집까지 이동하는 데 걸리는 시간은 1시간 20분가량입니다. 그래서 하루에 약 3시간을 길에서 보냅니다.

앨범 제목이기도 한, 아바(ABBA)의 「The Day

Before You Came」이 발표된 때가 1982년입니다. 36년 전의 일이죠. 그 노랫말은 이렇습니다. "늘 그래왔듯 나는 여덟 시에 집을 나섰겠지. […] 분명 9시 15분이면 업무를 시작했겠지. 읽어야 할 서신들과, 사인해야 할 서류들이 쌓여 있을 거야. 분명 12시 반쯤 점심식사를 하러 갔을 거야. […] 2시 반쯤이면 일곱 번째 담배에 불을 붙이고 […] 5시면 어김없이 퇴근했겠지." 여성 보컬이 불렀으니 노래 속의 화자는 여성일 테고, 아바는 스웨덴의 혼성 그룹이니 그 화자의 국적도 스웨덴일 텝니다. 36년 전, 유럽의 선진국에서는 오전 9시에 출근해 오후 5시에 퇴근합니다. 그러니 하루 7시간 동안 일할 텝니다. 20세기를 20년가량이나 남겨둔 36년 전에 말입니다. 대중교통을 이용했을 그녀는 출퇴근길에서 조간신문과 석간신문을 읽고, 밤 10시 15분쯤 침대에 누워 책을 읽다가 (노랫말로 계산해보면) 8시간 동안 수면합니다. 36년 전의 그 사회가, 부럽습니다.

작은 차이에서 입맛이 달라지는 곳

본
점
과

분
점

지난 휴일에 저는 아내와 함께 근교로 소풍을 하러 가는 길에 늦은 점심을 먹으러 오랜만에 ㅇㄷㅅ막국수(본점)를 찾았습니다. 그 음식점은 외진 곳에 있어도 방문객이 많아 휴일에는 번호표를 받아 기다려야 하지만 점심시간이 한참 지나서인지 자리에 여유가 있었습니다. 그럼에도 여러 테이블에 각각의 손님들이 삼삼오오 앉아 식사하고 있었습니다. 그중 중앙의 기다란 16인용 테이블 한가운데에는 연만하신 내외분과 장년 부부, 이렇게 넷이 마주 앉아 방금 나온 막국수를 맞이하고 있었습니다. 그중 장년 여성이 방금 자기 앞에 놓인 물메밀국수 그릇을 통째로 들어 국물을 맛보았습니다. 그러고는 곧바로 옆에 앉은 남편에게 자신처럼 국물 맛을 보라는 표정으로 그릇을 건넸습니다. 아내를 따라 남편도 그릇째 들고 냉수를 마시듯 국물을 들이켰습니다. 저는 가을볕이 곱게 내려앉은 창밖에 시선을 두고 있는 아내에게 그 가족을 눈짓으로 가

리키며 물었습니다.

"맞춰봐. 붉은 티셔츠 입은 저분이 사위일까, 아들일까?"

아내는 그쪽 테이블에는 관심이 없었을뿐더러 남편의 뜬금 없는 물음에 그리 관심을 보이지 않아서 저는 대답을 기다리지 않고 곧바로 수다를 늘어놓았습니다. '아마도 사위일 것'이라는 제 말의 요지는 이랬습니다. 만약 장년 여성이 노인 내외분의 며느리 였다면 남편에게 자기 물메밀국수를 스스럼없이 그릇째 건네지는 못했을 거라고요. 동행한 할머니가 친정어머니였기에 편하게 행동했을 거라는 게 제 추측의 근거였습니다. 하지만 그뿐. 이후 그 가족의 분위기는 다소 남달랐습니다. 식사를 하는 동안 단 한마디의 대화도 하지 않았습니다. 네 분 모두 묵묵히 막국수만 먹을 뿐이었습니다. 사위로 보이는 분이 계산을 치르고 주차장에서 고급형 독일제 승용차에 가족이 승차할 때까지 말입니다. 주변에 네 자리용 테이블이 여럿 남아 있음에도 굳이 16인용 자리, 그것도 한가운데를 선택해 자리 잡은 것은 그 가족의 대외적인 자부심이 반영된 태도였겠지만 아이러니하게도 그 주인공 의식의 무대 연출은 냉랭한 침묵이었습니다.

가족이 마주 앉아 말없이 먹는 음식 맛은 어떨까요? 불도를 닦는 승려들이 줄지어 앉아서 말없이 식사하는 일은 수행의 일환이기에 음식을 즐거움의 대상으로 삼지 않을 테니 차치하더라도, 가족의 경우에는 혼자 식사할 때와는 사뭇 다를 것입니다. 물론 이런 생각은 저의 기준입니다. 제게 음식 맛은 입맛만이 아니라 말맛도 한몫하기 때문입니다. 특히 식사 중에 음식에 관한 이야기가 곁들어지면 미각이 더욱 살아납니다. 반면, 대화에 너무 몰입되면 관심이 분산돼 미각은 무심해집니다. 그래서 저는 식사 도중 대화에 빠져들어서 정작 음식 맛을 못 느낄 때도 잦습니다.

　　그렇듯 음식 맛은 입맛이 결정하지만, 흔히 듣는 "입맛이 없어서…"라는 말에서 알 수 있듯, '입맛'은 맛을 느끼는 사람의 컨디션에 따라 좌우됩니다. 그래서 '식욕이 있으면 하찮은 음식이라도 맛있다'는 뜻으로 쓰는, "밥맛이 없으면 입맛으로 먹는다."라는 말이 있는 것일 텝니다. 그러니 아무리 산해진미를 차려놓아도 음식을 먹는 즐거움이 없으면 무슨 맛을 느끼겠습니까. 그날 그곳에서 저는 무표정한 얼굴로 말없이 막국수를 입으로 가져가 담담하게 씹어 삼키는 한 가족의 모습을 보며 이런 생각이 들었던 것입니다.

　　우리 테이블에도 김치말이메밀국수 두 그릇이 놓였습니다. 평소라면 사이드 메뉴로 녹두전도 추가했겠지만 그날은 배가 많이 고프지 않던 터라 아무래도 남길 것 같아 주문을 자제했습니다. 구수한 막국수를 먹으면서 저는 뭐든 본점에서 먹는 맛이 더 좋다는 걸 재차 확인했습니다. 신 김치의 발효 정도도 그렇거니와 국물의 염담(鹽膽)과 면을 삶은 정도가 안성맞춤이었습

니다. ㅇㄷㅅ막국수는 그곳 본점 말고도 파주 통일동산과 문산에 분점이 있지만, 녹두전만 하더라도 분점에서는 식용유를 더 많이 써서 너무 기름지거나 새끼손가락 굵기로 썰어 넣어주는 메밀묵의 양이 일정하지 않아 아쉬웠던 기억이 있습니다. 심지어 막국수 위에 얹어주는 김 부스러기조차도 본점만 못 해 예민하게 평가하면 점수에 차이가 나니, 손님 입장에서는 가급적 본점을 찾게 되는 것은 당연할 터입니다.

이렇듯 어느 음식점이든 본점과 분점은 미묘한 간격이 있습니다. 같은 제품의 조리 기구를 사용하고, 동일한 곳에서 식재료를 구입하고, 하나부터 열까지 레시피가 같은데 왜 맛에 차이가 날까요? 그저 '손맛'의 차이일 거라고 뭉뚱그려 말하기에는 너무 막연합니다. 생각해보면, 그 이유는 주방장이 매일 조금씩 다른 식재료의 성질을 잘 이해해서 조리에 반영하는 것이 아닐까 합니다. 식재료의 차이와 그날의 날씨를 고려한 조리법의 임기응변이 아닐까 합니다. 그에 따라 조리 시간도 조금 다를 수 있을 테고, 계절에 따라 찬물에 헹구는 법도 다를 테고, 식재료가 제철인지 아닌지에 따라 재료를 다루는 방법이 조금 다를 테니 말입니다.

자동화 공장에서 생산하는 공산품일지라도 똑같은 것은 없습니다. 심지어 모든 자동 항법을 탑재한 최첨단 여객기일지라도 생산 공정을 마치면 미세한 차이가 있어서 그것을 생체 감

작은 차이에서 입맛이 달라지는 곳

각으로 체크해 조정하는, 세계에서 몇 안 되는 전문가가 비행 시험을 해야 완성된다니, 조리사의 판단과 감각에 따라 달라지는 음식 맛의 차이는 더할 수밖에 없을 것입니다. 또한 음식점의 접객 태도와 분위기도 손님의 기분에 작용해 입맛에 영향을 주는 중요한 요소임에 틀림없습니다. 단맛과 쓴맛은 음식 자체에만 있는 것이 아님을 우리는 잘 알고 있기 때문입니다.

✳ 덧말

몇 해 전, 저의 두 자녀가 십대 초반이던 한여름이었습니다. 당시 저는 직장 없이 프리랜서로 생활하고 있었습니다. 남들 다 가는 여름휴가철이라고 환기해주는 아내 말에 저는 가족을 차에 태우고 무작정 길을 나섰습니다. 근교에 제법 시설을 잘 갖춘 사설 천문대라도 다녀올 요량으로 외곽순환고속도로에 진입했습니다. 그곳은 40분 남짓 걸리는 거리였지만 길을 나서자마자 배가 고파 저는 요금소를 빠져나와서 끼니부터 챙기려고 근처의 유명한 갈비집으로 차를 돌렸습니다. 넓은 주차장에는 이미 수십 대의 자동차들이 즐비했습니다. 자리를 안내 받고 앉아 주위를 둘러보니 손님들 다수가 때깔 좋은 생갈비를 숯불에 굽고 있었습니다. 바로 옆 테이블에서도 젊은 부부가 홀(시)어머니를 모시고 숯불갈비를 다 먹고는 물냉면으로 입가심을 하고 있었습니다. (시)어머니로 보이는 여성분은 목걸이며, 팔찌며, 반지까지 온갖 금붙이를 주렁주렁 달고 있었습니다.

　우리 테이블에도 주문한 음식이 나왔습니다. 갈비탕 세 그릇과 선지순대 한 접시였습니다. 저의 두 아이는 참 맛있게 갈비탕 속 갈비를 양손에 들고 먹었습니다. 계산을 치르고 밖에 나오니 여름 햇살이 볕에 반사된 전복 껍데기처럼 눈부셨습니다. 후끈 달궈진 차를 몰아 ㅅㅇ천문대로 향했습니다. 아내와 아이들은 포만감에 금세 잠들었습니다. 라디오를 켜니 FM 방송에서 방금 전주를 마친 조관우의 「님은 먼 곳에」가 흘러 나왔습니다. "사랑한다고 말할걸 그랬지. 님이 아니면 못 산다 할 것을. 사랑한다고 말할걸 그랬지. 망설이다가 가버린 사랑." 가장(家長)인 저는 느닷없이 후회되었습니다. 우리 네 식구 먹어야 숯불갈비 일 인분 값도 안 됐는데, 만 원 더 들여 전복갈비탕을 사 줄걸 하는 생각이 들었습니다. 그렇게, 비워진 뚝배기 같은 제 머릿속에 사소한 후회가 몇 개의 흰 갈비뼈로 놓였습니다.

작은 차이에서 입맛이 달라지는 곳

웃는 법을 가르쳐주는 곳

✳

옥
상

아내가 글 쓰고 남편이 그림 그린 동화 『리디아의 정원』은 1930년 대 미국 대공황기의 평범한 가족 이야기입니다. 할머니, 부모와 함께 시골에 살던 소녀 리디아는 어느 날 집에서 멀리 떨어진 도시에서 빵집을 하는 외삼촌 집으로 떠납니다. 아빠의 실직 기간이 길어진 데다 엄마의 옷 수선 일감마저 줄어 생계가 곤란해졌기 때문입니다. 외삼촌이 보낸 권유의 편지를 받고 가족과 작별한 소녀 리디아는 홀로 열차를 타고 떠나 도착한 낯선 도시의 외삼촌 빵집 건물에서 살게 됩니다. 그런데 외삼촌은 늘 무뚝뚝합니다. 그런 외삼촌을 웃게 하려고 쾌활하고 바지런한 리디아는 빵집에서 일하는 엠마 아줌마 일을 도와가며 깜찍하고 기특한 일을 계획합니다. 시골에서 할머니께서 매번 우편으로 보내주시는 꽃씨들로 3층짜리 빵집 건물 곳곳을 꽃으로 꾸미는 일이었습니다. 그중 하이라이트는 폐품들을 화분 삼아 옥상을 꽃밭으로 꾸미는 일인데, 여름이 되자 이미 빵집 건물 앞, 창가, 외벽 계단에는 나열한 화분들이 만발합니다. 침울한 사회 분위기에 이 화려한 꽃들은 손님들의 시선과 마음을 끌어 빵집은 북새통을 이룹니다. 그 바람에 외삼촌은 희미한 웃음을 보이고, 드디어 만반의 준비를 마친 독립기념일 오후에 엠마 아줌마 부부와 함께 리디아는 외삼촌을 옥상으로 초대합니다. 쓰레기장 같던 옥상이 꽃밭으로 바뀐 모습을 본 외삼촌은 놀라고, 며칠 후에는 거꾸로 리디아가 옥상에 초대됩니다. 리디아와 엠마 아줌마 부부가 옥상에서 기다리고 있는 사이에, 외삼촌은 빵집 문 앞에 '휴업'이라고 써 붙이고는 꽃잎으로 장식한 멋진 케이크를 들고 옥상에 나타납니다. 그것은 리디아를 위해 특별히 준비한 작별의 선물이었습니다. 리디아의 아빠가 다시 취업했으니 고향으로 돌아오라는 기쁜 편지가 함께 전달됐기 때문입니다. 그 뒷장을 넘기면 기차역에서 쪼그려 앉은 외삼촌이 조카 리디아를 포옹하고 있습니다. 이 동화의 마지막 장면입니다.

책장을 넘길 때마다 독자의 마음 밭에 꽃씨를 심는 이 동화는 묘사도 대사도 없이 가족에게 부치는 리디아의 편지글로만 씌어 있습니다. 그 편지 내용의 풍경을 군더더기 없이 절제해 그려낸 서정적인 수채화는 글과 독립적으로 진행됨에도 완벽한 앙상블을 이뤄냅니다. 글은 리디아의 예쁜 마음과 당일 날짜를 드러낼 뿐, 정작 이야기는 그림이 이끌어가는 이 작품을 저는 그림동화의 탁월한 모범으로 평가합니다. 편집 구성뿐 아니라 리디아의 담백

웃는 법을 가르쳐주는 곳

한 편지글은 표정이 살아 있는 경쾌한 그림과 어우러져 페이지마다 독자에게 짠한 감동을 주는데, 그것은 슬픔을 담담하게 마주하고 어둠을 밝음으로 치환하는 원예사 소녀의 대견한 마음결에서 비롯됩니다. 가족에 대한 정다운 사랑과 외삼촌에 대한 환한 소망이 종래에는 행복한 꽃으로 피어나기까지, 리디아는 독자의 손을 잡고 그 마음들을 질박한 이야기 속으로 데려갑니다. 대단원에서 옥상 꽃밭이 펼쳐지는 순간 빙그레 웃었던 저 같은 독자는 그동안 자신이 바로 리디아의 외삼촌이었음을 알아차리고 그림 속에 만발한 꽃들에 가만히 눈길을 주게 됩니다. 그러고는 시나브로 이런 생각을 떠올리며 허망한 다짐을 합니다.

그야말로 만무한 일이겠지만, 제가 만약 소형 건물의 주인이 된다면 저는 그곳 옥상에 매일 올라가 이른 아침에는 여명을 마중하고 저물녘에는 노을을 배웅할 텝니다. 옥상 면적의 7할을 황토로 채우고 ㄷ자로 화단을 만들어 단아한 진달래 한 그루 심고, 도라지꽃 들국화 패랭이 봉숭아 채송화 베고니아 수선화 백합 튤립 장미를 가꿔 봄에서 가을까지 그곳에서 휴식할 때마다 눈호강을 할 텝니다. 식탐의 손으로는 두 평쯤 마련한 자리에 상추 고추 쑥갓 오이를 키우고 한쪽에는 파라솔을 하나 장만해 탁자 위에 초록만으로 소박한 점심상을 차릴 텝니다. 그 옆에는 돌절구를 놓아 물을 채우고 옥잠화를 띄워 건물 위를 지나가는 새들이 품위 있게 갈증을 풀 수 있게 할 텝니다. 건

물 외벽은 담쟁이덩굴로 옷 입혀 가을에는 건물을 단풍 들게 할 텝니다.

하지만 현실은 이런 상상의 끝을 쓴웃음으로 마감시킵니다. 그 이유는 물론 저의 경제력으로는 불가능한 일이기 때문이기도 하지만, 무엇보다 그동안 제 일터였던 여러 건물 어느 곳에도 옥상을 그런 식으로 꾸며놓은 데는 없었을뿐더러, 오히려 그곳은 삭막한 도시 풍경을 명징하게 보여주는 축소판이었기 때문입니다. 오늘도 근무한 직장의 5층짜리 건물에도 옥상이 있지만 50평 남짓의 그곳에는 아마도 편법으로 증축했을 옥탑 사무실까지 딸려 있어서 근접하기가 불편할 뿐만 아니라 그나마 있는 공간에는 콘크리트 바닥만 덩그마니 깔려 있어서 굳이 올라가고 싶은 마음은 들지 않습니다.

대개의 도시에는 (조금 과장하면) 사막의 오아시스만큼이나 녹지 공간이 턱없이 부족하다는 것은 도시에서 생활하지 않은 사람들도 잘 압니다. 그렇다고 녹지를 만들겠다고 엄청난 비용을 들여 부동산을 매입해 새로운 도시 계획을 단행할 수도 없는 노릇일 텝니다. 그러니 모든 건물 옥상에라도 녹지 공간을 조성하는 일이 어쩌면 유일한 대안이겠습니다. 아스팔트와 콘크리트뿐인 도시 거리에서 기껏 차도에 인접한 가로수만으로 안위할 게 아니라, 몇 평일지라도 곳곳의 건물 옥상에 다양한 꽃과 나무를 심고 가꿔놓는다면 그 건물을 사용하는 도시인들은 잠시

웃는 법을 가르쳐주는 곳

나마 한적한 그곳에서 휴식과 안식의 시간을 누릴 수 있지 않을까 싶습니다. 그러니 계몽도 하고 세금 혜택을 주어서라도 건물주의 마음을 부추겨 가능한 모든 건물 옥상을 아늑한 꽃밭으로 만들 수 있으면 좋겠습니다. 동화 속 소녀 리디아가 빵집 건물의 삭막한 옥상을 울긋불긋한 꽃밭으로 만들었던 것처럼 말입니다. 정말 그렇게 된다면, 언젠가부터 소녀의 외삼촌처럼 무뚝뚝해진 우리네 도시인들도 자신들의 유년 시절처럼 해맑게 웃게 될지도 모를 일입니다.

✳ 덧말

동화에는 나타나 있지 않지만, 원예사 소녀 리디아가 일 년간 지냈던 외삼촌 집을 떠나 그리운 가족에게 돌아갔을 때는 아마도 미국 대공황기의 끝 무렵이었던 1939년 즈음이지 않았을까요? 그해에 개봉된 뮤지컬 영화 「오즈의 마법사」에서 도로시 역을 맡은 소녀 주디 갈랜드(Judy Garland)가 부른 이후 오늘날까지 애창되는 곡이 있습니다. 그녀가 리디아 같은 소녀 시절에 노래 불렀던 「Over the Rainbow」입니다.

　　　　"무지개 너머 그 어딘가 아주 높은 곳에, 언젠가 자장가로 들었던 그런 곳이 있어요. 무지개 너머에 푸른 하늘과 당신의 간절한 꿈이 현실이 될 수 있는 그런 곳이 있어요."라고 영화 속에서 도로시는 노래 부릅니다. 노랫말이 지칭하는 '그곳은' 훗날의 그림동화 속의 명랑 소녀 리디아에게나, 그리고 80년 후 옥상이 있는 건물에서 일하는 오늘의 우리에게나 같은 꿈이 있는 곳일 텝니다.

웃는 법을 가르쳐주는 곳

정형외과 대신 가는 곳

안
마
원

'오늘 3시에 시간 나세요?' 반년 전에 알게 된 한 작은 출판사 대표가 문자 메시지를 보내왔습니다. 마침 바쁜 일이 전날에 마감된 데다가 벌써 세 번째 권유여서 미안한 마음에 흔쾌히 약속을 잡았습니다. 첫 만남에서 친해진 몇 개월 전에 대화를 나누던 중 그분이 말했습니다.

"제가 거북목이에요. 거북목 아시죠? 이게 고질병이라 근처 정형외과에 치료하러 다녔어요. 그런데 다녀오면 하루 이틀뿐이더라고요. 그래도 통증 때문에 안 갈 수 없어서 일주일에 한 번은 꾸준히 갔죠. 네댓 번은 갔을 거예요. 비용도 상당해요. 30분에 팔만 원."

"왜 그리 비싸요? 의료보험 적용이 안 되나요?"

치료비에 놀라 저는 반문했습니다. 몇 년 전 어깨를 다쳐 동네 정형외과에서 물리치료를 받을 때 사천 원이었던 걸 상기하면 스무 배나 되는 치료비에 저는 놀라지 않을 수 없었습니다. 빙그레 웃으며 그분이 대답했습니다.

"온찜질 위주의 물리치료와는 좀 달라요. 도수 치료라는 건데요, 치료사가 직접 손으로 치료해줘요."

(도수 치료는 약물이나 기계를 사용하지 않고 치료사가 맨손으로 근육과 연골에 적절한 압력을 가해 환자의 통증을 완화하는 치료법입니다. 2006년 이전에는 국민건강보험 적용 대상이었지만 악용의 우려 때문이었는지 그 후로는 보험에서 제외되있습니다.)

그분이 말을 이었습니다.

"그런데 하루는 병원 맞은편에 있는 정통 안마소가 눈에 띄더라고요. 들어가서 물어봤죠. 한 시간에 오만 원인 거예요. 그 후로 그곳 안마원에 다니는데, 병원보다 나아요. 더 싸고 시간은 두 배고 효과도 좋아요. 한번 다녀오면 열흘은 가요. 윤 선생님도 저만큼이나 거북목인 듯한데 한번 같이 가시죠?"

몇 해 전부터 책상 앞에 한 시간쯤 앉아 있으면 뒷목 근육이 아파와서 턱 밑에 양쪽 엄지를 대고 치켜 올려 자주 스트레칭을 하고 있기에 그분의 제안은 솔깃하게 들렸습니다. 술자리에서는 그러자고 해놓았지만 막상 실행하려니 주저돼 차일피일 미루다가 세 번째 권유에서야 미안한 마음으로 약속을 잡은 것입니다.

약속 장소는 은행 앞이었습니다. 만나자마자 그분은 현금입출금기에 다녀왔습니다. 안마원은 근처 건물의 2층에 있었습니다. 계단을 오르며 그분이 말했습니다.

정형외과 대신 가는 곳

"안마만 해주는 곳예요. 다른 건 없어요."

격의 없이 지내기엔 시간이 더 필요한 말이었습니다.

"다른 게 있으면 안 왔죠."

저의 대답 끝에 통유리로 된 자동문이 열렸습니다. 제가 낯선 환경을 둘러보고 있는 사이 그분은 서둘러 계산대로 가 노란 지폐 두 장을 내밀었습니다. 아차 싶어 저도 지불을 하려 했지만 계산은 이미 치러졌습니다. 곧이어 안마방으로 안내 받은 우리는 짙은 황토색 가운으로 갈아입고 다시 현관으로 나왔습니다. 한쪽 벽면 앞에 족욕용 욕조 세 개가 놓여 있었습니다. 우리는 나란히 앉아 안마사가 내준 녹차를 마시며 족욕 서비스를 받았습니다. 5분가량 족욕 서비스를 받으면서 맞은편의 안마사에게 제 신체의 불편한 데를 설명해야 했습니다. 족욕을 하는 동안 안마사는 제게 말을 걸어 안마 계획을 세우는 듯했습니다. 족욕을 마치자 안마사는 우리를 안마방으로 안내했습니다.

　　　　　　　　　　"손님은 목도 목이지만 몸 전체가 굳어 있네요. 처음 오셨으니 오늘은 신체 전반에 뭉친 근육을 푸는 게 좋겠어요. 이렇게 두 번쯤 하고 이후에 목 부위에 집중하는 게 낫겠어요. 그렇게 하시죠?"

안마용 침대에 엎드린 채 안면 구멍 속에 얼굴을 묻고는 안마를 기다리고 있을 때 안마사가 제게 한 말이었습니다. 맥락을 모르는 저의 대답은 짧았습니다.

"네."

난생처음 받아보는 안마에 뭘 알아야 선택의 여지가 있지 않겠나 하는 생각과 동시에, 자주 엎드려서 잠자는 습관이 있는 저 같은 사람을 위해 가정용 침대도 이랬으면 좋겠다고 생각했습니다. 안마는 정수리부터 시작되었습니다. 머리, 귀, 뒷목, 어깨, 팔, 등, 허리, 골반, 허벅지, 종아리, 발바닥까지 마치자 안마사는 다시 역순으로 진행해 마무리하였습니다. 그러고는 제 허리에 자신의 무릎을 지지하고는 제 왼쪽 발목과 오른쪽 팔목을 잡고 저의 몸을 활처럼 휘었습니다. 그 힘에 제 몸은 손끝에서 휘어지는 회초리처럼 팽팽히 이완됐습니다.

"손님 온몸이 너무 뻣뻣해요. 아프실까 봐 오늘은 힘을 절반만 썼습니다."

꼬박 한 시간 동안 안마를 해준 것에 고마운 마음이 들어 인사를 하자 이런 대답이 돌아왔습니다. 옷을 갈아입고 현관으로 나오자 먼저 마친 일행분이 기다리고 있었습니다. 거리의 가을볕이 눈부셨습니다. 제가 나른해진 걸음을 뚜벅뚜벅 걷고 있을 때 그분이 말했습니다.

"윤 선생님, 얼굴까지 풀리셨네. 어떠세요? 오늘 밤에 잠 잘 오실 겁니다."

마음 같아선 곧장 펍(pub)에 가서 함께 수제 생맥주 한잔 들이키면서 마음도 풀고 싶었지만 그분이 아내와 약속이 있어서 서둘러

귀가해야 한대서 우리는 거리에서 헤어졌습니다.

"추석 연휴 지나고 한 번 더 가시죠? 그땐 제가 모시겠습니다."

저의 인사말에 그분은 손을 흔들며 길을 건넜습니다.

그분의 말대로, 그날 밤 저는 숙면에 들었습니다. 안마를 받는 동안 엎드려만 있었는데, 마치 무리한 운동이라도 한 것처럼 곳곳의 근육이 당겨와 나른하면서도 피곤했습니다. 잠에 들기까지, 10여 년 전 두 달간 요가원을 다녔을 때를 떠올리며 안마와 요가에 대해 잠시 생각했습니다. 공통점은 '근육을 풀어준다'는 것일 텝니다. 다만 안마는 평소 자주 써서 뭉친 근육을 풀어준다는 것이고, 거꾸로 요가는 마치 젖은 행주를 짜듯이 평소 잘 안 쓰는 근육을 이완시켜 온몸 곳곳에 활기를 순환시키는 것 같습니다. 그러니 굳이 요가가 아니더라도 자세만 곧추세우고 정식으로 스트레칭만 꾸준히 하면 거북목 정도는 바로잡을 수 있지 않을까 하고 생각했습니다. 그러던 중 안마사와의 마지막 대화가 떠올랐습니다. 안마가 끝날 무렵, 안마사에게 일거리가 많아지길 바라는 표현을 한답시고 저는 이렇게 말해버렸던 겁니다.

"시간과 돈만 있으면 자주 올 만하겠네요."

"손님은 둘 중 무엇이 있으세요?"

저는 솔직하게 대답했습니다.

"저는 둘 다 없습니다."

정형외과 대신 가는 곳

그럼에도 저를 그곳에 데려간 분에게 마음 빚을 갚으러 그곳에 한 번은 더 가야 했습니다.

✱ 덧말

최근에 제가 '절 운동'을 시작했습니다. 흔히 '백팔 배'라고 일컫는 종교의식을 저는 조금 변형하여 운동 삼아 하고 있습니다. 저의 절 운동은 스트레칭을 하듯 천장을 향해 반원을 그리며 양팔을 쭉 뻗어 합장을 하고는 허리를 중심으로 몸을 직각으로 굽히고 나서 절을 하는 방식입니다. 그래서 동작이 좀 큽니다만, 운동 효과도 백팔 배 방식보다 더 큽니다. 그 횟수도 108배가 아니라, 저는 대개 120배나 180배를 합니다. 1배에 10초가 걸리니 120배는 20분, 180배는 30분이 걸립니다. 도수 치료사나 안마사에게는 미안한 얘기지만, (한 공중파 TV 방송의 다큐멘터리를 찾아보니) 절 운동을 하면 거북목 정도가 아니라 수술 말고는 해답이 없던 척추측만증도 자연스레 교정된답니다.

　　　　보통 저는 TV 뉴스나 생활 다큐멘터리를 보면서 절 운동을 하고 있습니다만, 하루는 우리 민요를 록음악으로 대폭 편곡해 노래 불러 해외에서부터 인기를 얻은 밴드 씽씽(SsingSsing)의 「베틀가」 등의 록음악을 들으며 절 운동을 했습니다. 민요에 익숙한 우리도 그럴진대, 서양인들로서는 씽씽의 민요풍 록음악은 무척 낯설면서도 매력적이었겠습니다. 그들의 모던한 절창을 들으며 절 운동을 하고 있자니, 저 역시 그 이색적인 세계에 동참해 묘한 퍼포먼스를 하고 있다는 생각이 들어 혼자 웃었습니다. "베틀을 놓세, 베틀을 놓세, 옥난간에다 베틀을 놓세. 에헤요, 베 짜는 아가씨 사랑 노래 베틀에 수심만 지누나." 하며 리드 보컬 이희문 씨가 부르는 노랫말처럼 저도 베틀을 놓듯이 반복해 절을 하였습니다.

정형외과 대신 가는 곳

몇천 원짜리 기쁨이 기다리는 곳

✳

상
설
의
류

할
인
매
장

2년 전 일입니다. 남편이 7년 만에 다시 직장생활을 시작하자, 마땅히 입을 만한 옷이 없다고 확신한 아내는 부득불 남편인 저를 끌어당겨 집에서 이십 리쯤 떨어진 변두리로 데려갔습니다. 상설의류 할인매장이었습니다. 지방국도변에 제법 주차장도 넓게 마련해놓은 2층짜리 건물 매장이었습니다. 그곳 앞마당에 웬만한 단층집만 한 대형 천막 안에는 옷들이 촘촘히 나열해 있었고, 한가운데엔 더 값싼 옷들이 수북이 쌓여 있었습니다. 옥외용 스피커에서 쏟아져 나오는 시끄러운 음악 소리를 피할 수 없어 어쩔 수 없이 저는 뒷짐을 지고는 매장을 보는 둥 마는 둥 이리저리 걸어다니면서 새 옷에서 풍기는 석유 냄새에 후각이 취해 있었습니다. 반면 아내는 마치 커다란 추첨함에서 당첨 엽서를 뽑듯 수두룩한 옷더미 속에 분주히 손을 넣고 빼기를 반복하고 있었습니다.

애초에 구매 의사가 없던 터라 저는 허투루 둘러보고는 야장을 떠났습니다. 주차장 구석에서 한동안 하릴없이 기다리자니 십여 분 후 빈손으로 나온 아내가 두리번거리며 남편을 찾고 있었습니다. 우리 부부는 곧바로 건물 매장으로 이동했습니다. 본 매장이어서인지 좀 더 잘 정돈된 의류들이 성별, 종류별로 나열되어 있었습니다. 이왕 왔을뿐더러 한두 달 새에 허리둘레가 부쩍 늘어났으니 눈에 드는 값싼 게 있다면 면바지와 남방 하나씩만 골라보자는 마음으로 저는 천천히 둘러보았습니다. 어쩌다 눈에 띄는 것도 있었지만 제 손은 자꾸 가격표를 쥐었다 놓기를 반복했습니다. 그중에서도 마땅해 보이는 걸 발견하면 제게는 작은 사이즈뿐이었습니다. 구매 의사도 별로 없던 터에 서너 번 그러고 나자, 저는 금세 싫증이 나서 마치 농한기의 연만한 농부가 빈 들녘을 걷듯 매장 복도를 소걸음으로 오고 갔습니다. 그러고 있는 사이 어느 결에 아내가 제 곁에 서 있었습니다. 아내의 팔뚝에는 제 몫으로 보이는 남방 두 개와 면바지 두 개가 걸려 있었습니다. 가격표를 보니 남방은 각각 칠천몇백 원이었고, 면바지는 각각 이만 원에서 삼사천 원이 빠져 있었습니다.

　　　　　　　　　　　쇼핑을 마쳤으니 계산하고 그만 가자는 제 말에, 2층에 올라가면 삼사천 원짜리가 많으니 차 안에서 기다리라는 말을 제게 건네고는 아내는 매장 입구에 비치된 장바구니를 들고 2층으로 사라졌습니다. 반 시간 남짓 지났을까, 아내는 흐뭇한 표정을 지으며 커다란 비닐봉지에 옷가지를 가득 채워서 나타났습니다. 삼사천 원짜리로만 십여 개를 골라 사왔답니다. 그 많은 걸 다 입으려고 샀냐는 남편의 타박에 아내는 친정 언니들과 여동생에게 선물할 거라고 말했습니다. 아내는 다섯이나 되는 자매들이 바빠서 쇼핑할 새도 없다는 말을 덧붙였습니다. 그러면서,

"원래 이런 물건이 할인 매장의 미끼 상품이야."

"미끼들을 다 물어오면 어떡해? 다른 손님들 것도 남겨둬야지."

"아직 많이 남아 있어."

아마도 아내는 계산대에서 판매원에게 서늘한 눈총을 받지 않았을까 싶었습니다. 그나마 제가 입을 남방과 바지 두 벌이 깍쟁이 체면을 겨우 세워주지 않았을까 싶었습니다. 얼마 후 처가 식구들이 모였을 때 아내는 한쪽 방에 자매들을 불러 모아 정말로 그 비닐봉지를 풀어놓았습니다. 보따리장수가 따로 없었습니다.

외출용 옷을 산 지 십 년도 훨씬 지났으니 집에 있는 저의 옷들은 모두 색이 바랬고 더는 보풀조차 일어나지 않을 정도로 낡기도 해서 그날 이후 계절이 바뀔 때마다 저는 아내의 손에 이끌려 그 상설의류 할인매장을 재방문했습니다. 일 년 동안 세 번 찾아갔으니 세 번째가 마지막이었습니다. 우리 부부의 동선(動線)은 매번 같았습니다. 먼저 마당 천막 안을 둘러보고, 본 매장을 두어 바퀴 돌아보고 나면 저는 주차장에서 시간을 보냈고 아내는 언제나 2층으로 이동했습니다. 제 몫의 옷은 본 매장에서 가장 값

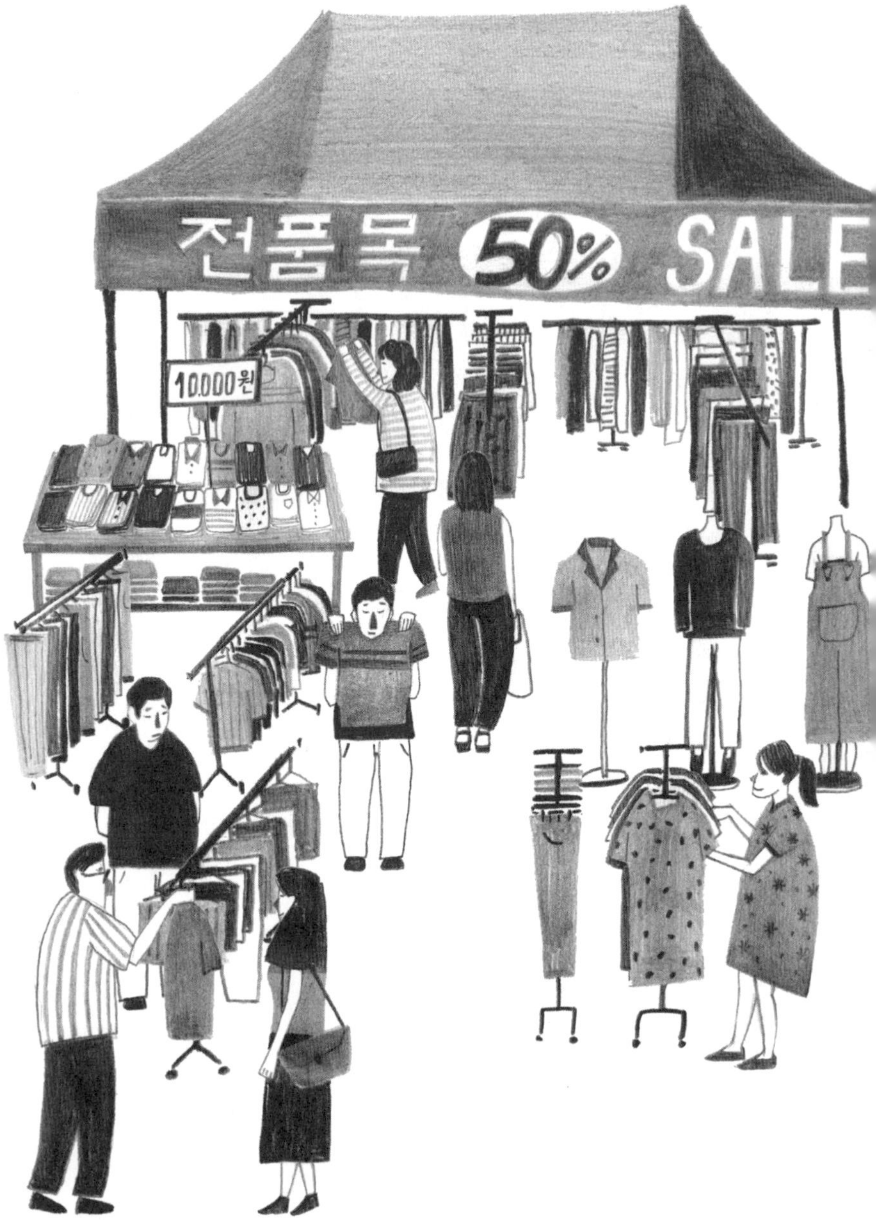
전품목 50% SALE
10,000원

싼 것 중에서 두세 개가 선택됐지만, 아내의 장바구니는 대부분 2층에서 채워졌습니다. 상품 가격은 본 매장, 마당 매장, 2층 매장 순이었으니 업소 처지에서는 본 매장의 상품이 많이 팔려야 매상이 오를 일이었습니다. 실제로 손님은 본 매장 안에 가장 많았습니다. 지갑을 여는 일에 신중한 소비자들은 알고 있었습니다. 최초에 옷이 만들어진 후 상점에서 소비자들에게 선택받지 못해 반품을 거듭하며 이곳저곳을 전전하다가 흘러들어온 상품 중 그나마 나은 것들은 마당 매장에 전시됐을 테고, 최하급으로 분류되어 이곳이 아니면 더는 갈 곳이 없을 것들은 2층에 부려졌을 텝니다. 본 매장의 상품들은 대부분 백화점이나 의류전문점에서 한두 해 묵어 더 이상 자리를 차지하지 못해 쫓겨난 이월 상품일 듯했습니다.

저처럼 한번 구입하면 낡고 해질 때까지 이십 년 가까이 입는 소비자만 있다면 의류 제조업체나 옷 장수는 자주 재봉틀을 세우거나 매장 바닥에 쌓이는 먼지를 닦아내는 일이 일과이겠지만, 세상에는 백화점도 많고 의류전문점도 많고 상설 할인매장도 곳곳에서 성업 중이니 소비자들의 지갑 두께나 씀씀이에 따라 다들 먹고살기 마련인가 봅니다. 더욱이 2년 전에는 사드 배치 문제와 갈등으로 중국으로 향하던 수출 길이 막혀 국내 상설 할인매장으로 유입된 값싼 옷가지들 사이에서 입을 만한 것들을 분주히 골라내며 즐거워하는 저의 아내 같은 아낙네들도 있었으니 말입니다. 그렇듯 어쩌다 상설의류 할인매장에 가면 몇천 원짜리 기쁨이 추첨

함 속 당첨 엽서처럼 기다리고 있습니다. 그리고 그곳에서조차 선택받지 못하면 더는 갈 곳 없는 옷가지들이 자기들끼리 옹기종기 모여 있습니다. 하지만 그것들은 패션 이전의 기능만으로도 옷으로서의 가치가 충분하니 국내외 인류 복지를 위해 헐벗은 많은 사람에게서 전달되어 옷으로서의 제 기능을 다 할 수 있길 바랍니다.

✱ 덧말

소년기에서 청년기까지, 아니 직장생활을 시작하기 직전인 20대 후반까지 제가 입었던 옷 대부분은 저의 형이 입다가 물려준 것이었습니다. 제 형의 옷은 대개 선친으로부터 물려받은 것이었으니, 거슬러 올라가면 저의 옷들은 결국 선친에서부터 시작된 것이었습니다. 그래서였는지 (구부정하고 겉늙어 보이는 저의 외모 탓도 있었겠지만) 저는 두발 및 교복 자율화 조치 직후인 고등학교 2학년 때부터 늘 선친과 형이 입었던 옷을 입고 있어서 교문 밖에 나가면 다들 미성년으로 보지 않았습니다. 다행히 시내버스 기사께서는 저의 중고생용 승차권을 받아주셨지만 말입니다. 대학생 때도 마찬가지였습니다. 입학하자마자 같은 학과 학생들은 저를 예비역 학생으로 착각하기도 했습니다. 그러고 보면, 옷 하나를 이십 년가량 입는 저의 습관은 부자간, 형제간의 대물림에서 비롯되었는지도 모르겠습니다.

몇천 원짜리 기쁨이 기다리는 곳

여름일수록 저는 오래된 옷을 꺼내 입습니다. 새 옷도 있는데, 왜 유독 낡은 옷을 꺼내 입느냐는 아내의 편잔에 저는 이렇게 대꾸합니다. "낡은 옷이 더 시원해." 사실이 그렇습니다. 메리야스도 그렇고, 반소매 티셔츠도 오래되어 낡은 섬유가 통풍이 더 잘 됩니다. 낡았다는 것은 군더더기가 없어진 상태를 뜻합니다. 낡아지는 동안 불필요한 것이 사라진 상태입니다. 옷도 더는 보풀이 일어나지 않을 만큼 담박해지면 입었을 때 더 시원합니다. 전통 여름옷인 모시옷이 낡을수록 더 시원하듯 말입니다. 그렇듯 '낡음'은 '긴 시간'이 덜어낸 결과입니다. 저는 낡아지기까지의 그 시간이 엊그제 같아서, 며칠 전 빨아 널었던 옷인 양 다시 그 옷을 꺼내 입을 따름입니다. 그런 저는 새것의 유행에 민감한 세상에 역행하고 있는 것조차 모를 만큼 무감합니다. 한국적 정서가 짙은 록 밴드 '활주로'가 70년대 후반에 소월의 시를 노랫말로 고쳐 부른 「나는 세상 모르고 살았노라」의 후렴처럼 말입니다.

오롯이 나 혼자 있는 유일한 곳

화
장
실

아침에 잠에서 깨어난 사람들이 침구에서 벗어나 가장 먼저 향하는 곳이 어디일까요? 그곳은 자녀가 잠들어 있는 옆방이기도 하겠고, 밤새 잘 주무셨는지 궁금한 부모님의 방이기도 하겠고, 아침 공기로 집 안 환기부터 하려고 다가선 창문이기도 하겠습니다만, 다수의 분들은 몸의 요구를 따라 곧장 화장실로 향하지 않을까요? 부족한 잠을 쫓으며 하루의 자세를 가다듬기 위해 찬물로 세면도 하고 용변도 해결하는 곳이 그곳일 테니까요.

저 역시 아침에 침구에서 벗어나자마자 곧장 걸음 하는 곳이 화장실입니다. 스마트폰을 손에 쥐고 좌변기에 앉자마자 밤사이 콩팥이 여과한 노폐물을 배출하고 제일 먼저 하는 일은 '미세먼지' 앱을 열어 당장의 대기 상태를 확인하는 것입니다. 집 안 환기를 해야 할지 말지를 결정하기 위해서입니다. 그다음은 밤새 올라온 뉴스를 훑습니다. 그리고 나서는 '메모' 앱을 열어 전날 쓰다 만 글을 다시 읽으며 지우기도 하고 좀 더 이어 쓰기도 하면서 만지작거리다가 생각이 진전되지 않으면 메모 앱을 종료하고는 그다음 아침 일과인 샤워 중의 생각거리로 남겨둡니다. 그렇게 매일 아침에 저는 하루 중 48분의 1가량을 화장실에서 시작합니다.

화장실을 의미하는 영어 toilet은 프랑스어 toile이 변형된 말인데, 그 뜻은 '망토'입니다. 이 용어는 수백 년 전 프랑스에서 망토와 양동이를 들고 다니며 용변이 급한 행인에게 '즉석 화장실'을 제공하며 밥벌이를 했던 직업인에게서 태어난 셈입니다. 오래전 영국에서 생겨난 여성용 구두 '하이힐'도 길거리에 마구 버려놓은 분뇨를 피하기 위해 고안된 것이라는 건 흔히들 알고 있습니다. 이렇게 위생적으로 낙후된 오랜 세월을 마감하면서 오늘날의 화장실에 비치된 '수세식 변기'는 언제부터 사용하기 시작했을까요? 이 역시 서구에서 비롯됐습니다. 산업혁명을 맞아 인구밀도가 급속히 높아진 도시 곳곳에서 분뇨 처리 문제가 악화되고 흑사병까지 반복해 창궐하자, 영국은 1860년대부터 런던의 하수도를 정비하기 시작했습니다. 그 후 이미 16세기부터 소규모로 개발되었던 수세식 변기는 계속 개량되어 19세기 말에 이르러서야 오늘날의 수세식 변기와 유사한 '워시 다운'(wash down)형 변기가 등장했습니다.

자동 분리 배출 후 별도 저장과 처리. 이런 세 단계 과정으로

분뇨를 처리하게 된 획기적인 변화가 있었기에 '수세식 변기'는 인류가 발명한 최고의 발명품 목록에서 빠지지 않습니다. 만약에 '수세식 변기'가 없었더라면 아마도 오늘날처럼 인구밀도가 높은 도시 생활은 거의 불가능하지 않았을까 합니다. 특히 공동주택인 아파트는 아예 건축 설계조차 할 수 없었을 텝니다. 당장에 집집마다 매일 배출되는 분뇨를 위생적으로 분리해 정화하지 못한 상태로 살아간다면 우리의 생활환경은 도처의 악취는 물론이고 여러 감염병을 감당해내지 못할 것입니다. 그러고 보면 수세식 변기와 함께 세면기와 욕조까지 갖춘 가정용 화장실은 생활의 위생과 청결을 위해 가장 유용하고 꼭 필요한 공간입니다. 주방과 화장실이 없는 주택은 좌석과 바퀴 없는 자동차와 다를 바 없을 것입니다.

집에서뿐만 아니라 사람들이 모여 있는 곳이라면 화장실은 꼭 있어야 할 공간입니다. 하지만 공동으로 사용하는 화장실은 뭇사람이 사용하기에 종종 관리자와 이용자 모두에게 불편이 따릅니다. 남성용 소변기만 해도 많은 이들이 함부로 사용하면서 소변기를 벗어난 소변이 바닥에서 지린내를 풍기는 경우는 허다합니다. 그러다 보니, 소변기 위에 "남자가 흘리지 말아야 할 것은 눈물만이 아닙니다!" 등의 유머 섞인 캠페인 글귀도 써 붙여놓지만 허사일 때가 많습니다. 그래서 요즘에는 소변기 한가운데에 얼핏 살아 있는 곤충 파리로 보일 법한 그림을 인쇄해놓아 자발적인 정조준을 유도하면서 사용자를 한 발짝 앞으로 내딛게 하는 소변기도 곳곳에 비치되어 있습니다. 언제 어디서든 발견한 파리를 쫓고자 하는 일반인의 심리를 이용한 좋은 아이디어 상품입니다.

한편 요즘에는 공중 화장실에서 낙서를 발견하는 일은 드물어진 듯합니다. 아마도 밀폐된 화장실 안에서조차 사람들이 스마트폰에 몰두해 있어서 그런 게 아닐까요? 오래전 대학 건물의 화장실 안에 이런 낙서가 있었습니다. 낙서를 한 누군가는 아마 기말시험 등을 코앞에 두고 있었나 봅니다. "볼펜아, 너만 믿는다." 바로 그 밑에는 다른 필체로 이런 댓글이 쓰여 있었습니다. "볼펜아, 니가 불쌍하다." 그런가 하면 어느 블로그에는 이런 화장실 낙서를 찍은 사진이 게재되어 있습니다. "신은 죽었다"(니체), "니체 너 죽었다"(신), "니네 둘 다 죽었다"(청소아줌마). 또 다른 블로그에는 세 줄로 써놓은, 짠한 화장실 낙서를 찍은 사진도 게재되어 있습니다. "결혼 축하해 / 내 첫사랑 / 행복해라."

이렇듯 (낙서 내용을 떠나) 누군가의 은밀한 게시판이 되기도 하고, 그 게시판은 인터넷 시대 이전부터 있어온 '댓글'이 시작된 곳이기도 한 공중 화장실은 어디든 밀폐된 채 이용자의 공덕(公德) 행위가 고스란히 드러나는 장소입니다. 화장실 안에 들어앉아 있으면 '혼자'만의 공간, 즉 익명성이 보장되기 때문입니다. 그래서 누군가는 그 안의 벽면에 음담패설이나 욕설이나 농담을 써놓기도 하고, 누군가는 가늠할 수 없는 슬픔에 싸여 혼자 숨어 흐느끼기도 할 테

오롯이 나 혼자 있는 유일한 곳

고, 또 어느 딱한 미혼모는 그곳에 아기를 낳아놓기도 합니다. 그렇듯 화장실은 공용이든 가정용이든 우리가 생활하면서 유일하게 혼자 있는 곳입니다. 그곳에서 무엇을 하든, 그곳을 어떻게 사용하든, 그것은 오롯이 우리의 개개인인 '나'에게 달렸습니다.

✱ 덧말

벌써 7년이 지난 이야기입니다. 이제 갓 성인이 된 제 아들이 초등학교 6학년 때였으니까요. 당시 제 버릇 중 하나는 거나하게 술기운을 짊어지고 귀가한 날 밤이면 (자의의 판단이었겠습니다만) 아래위층 이웃들의 귀에서 거슬리지 않을 정도의 최대치만큼만 오디오 볼륨을 올려 종종 고전적인 록음악을 트는 것이었습니다. 당시에 자주 듣던 음악은 「Smoke on the Water」 등의 딥 퍼플(Deep Purple) 곡들이었습니다. 기본 멜로디가 묵직하고 단조로우면서도 연주가 화려할뿐더러 박하사탕 같은 보컬의 음색은 록음악의 요소를 다 갖춘 대명사답게 세월이 지났음에도 저의 귀와 마음에 파문을 일으켰습니다.

잠자리에 들려던 저의 아들은 불평했지만, 이기적인 아빠는 '연주 없는 음악은 음악이 아니다, 탁월한 연주로 가득 찬 이런 음악은 너도 꼭 들어봐야 한다.'는 투로 당위성을 내세워 가장(家長)의 권력으로 아이의 불만을 기각시키고는 두어 곡쯤 더 듣고 나서야 마음의 배가 불러 전원을 내렸었습니다. 그런데 그 후 며칠이 지나서, 문 닫힌 화장실 안에서 딥 퍼플의 「Highway Star」가 스마트폰을 통해 최대 볼륨으로 울려 퍼지고 있었습니다. 화장실 밖에서 듣자니, 샤워 중인 아들이 그 곡을 틀어놓고 큰 소리로 따라 부르고 있던 것이었습니다. "아무도 내 마음을 이해할 수는 없어. 그저 내 머릿속엔 속력만 있어…" 요란한 자동차 엔진 소리를 기타 연주로 표현한 간주곡 대목에서는 녀석이 신이 나는지 "이히!" 하며 환호성까지 내면서 말입니다. 장르를 넘어 고전적인 음악은 그렇게 굉음을 내면서 다음 세대의 청춘으로 내달리고 있었습니다.

거울 속으로 걸어 들어갈 수 있는 곳

산
책

공
원

제가 거주해 있는 동네에는 불과 300미터 거리에 높이가 30미터
도 안 되는 동산이 두 곳이 있습니다. 밀집된 서울의 인구를 분산
시키기 위해 28년 전부터 계획도시로 개발된 이 신도시에서 저는
23년째 살고 있습니다. 그러니 원주민은 아니더라도 꽤 오래된 이
주민이긴 합니다. 이 도시에서 저는 세 곳의 동네에서 각각 5년, 7
년, 11년을 살아오고 있습니다. 공통점은 변두리로만 옮겨 다녔다
는 것이고 모두 동산이 있었다는 것입니다. 그중 앞서 5년, 7년을
살았던 동네의 동산은 등산로는 있었지만 자연 상태였던 반면, 꼬
박 11년째 살고 있는 지금의 동네에 있는 동산은 그 규모가 훨씬
작아서인지 공원으로 꾸며져 있습니다. 산책 공원이기에 차이도
있습니다. 그 공원 산책로는 공원관리사업소에서 매일 관리를 하
고 있어서 꽤 깨끗합니다. 산책자가 걷기 편하게끔 길마다 두툼한
왕골도 깔아놓았습니다. 곳곳에 스트레칭이나 근력 운동을 할 수

233

있도록 여러 운동 기구도 설치해놓았습니다. 주변에는 휴식용 나무 벤치를 마련해놓았으며 한적한 곳에는 사각정도 세 곳이나 만들어놓아서 전통적인 분위기를 연출했습니다.

그런 환경은 운동 삼아 산책을 할 때는 일반 동산과 별반 차이는 없습니다. 그러나 조명 시설까지 갖추고 있으면 얘기는 달라집니다. 일반 동산은 해가 저물면 산책하기 어렵지만 공원 동산은 계절마다 다른 일몰 시간이 되면 산책로를 따라 적당한 거리를 두고 2분음표 가로등마다 주홍 불빛이 들어옵니다. 그래서 저처럼 밤 시간이 돼서야 귀가하는 주민에게는 고마운 일입니다. 그래 봐야 평일 중 하루나 이틀뿐이지만, 초저녁에 퇴근하여 집에서 저녁 식사를 할 때면 어김없이 저는 숟가락을 내려놓자마자 운동화 끈을 조이고 현관을 나섭니다. 그러고는 아파트 담장 위로 이어진 작은 육교를 건넙니다. 탄성 바닥재로 포장된 산책로를 따라가면 길가 양쪽에 줄지어 서서 드문 행인에게 배꼽 인사를 하는 가로등들이 해바라기처럼 고개를 숙인 채 주홍빛으로 제 발밑에 원을 그려놓습니다. 그 길을 따라 6분쯤 걸어가면, 판타지 동화 속의 거대한 거인이 베개로 삼을 만한 야트막한 동산이 나옵니다.

그 동산을 조감도(鳥瞰圖)로 보면, 즉 창공을 활공하는 새의 눈으로 내려다보면, 마치 방금 글자를 배운 어린아이가 써놓은 듯한 숫자 '8'의 모양일 텝니다. 혹은 계란 프라이에 빗대면 노른자위일 텝니다. 그 주위에 흰자위처럼 에두른 평평한 산책로가 있습니다. 탄성 바닥재를 깔아놓아 무릎 관절이 좋지 않은 사람도 충격을 완화해 걸을 수 있도록 만든 산책로에는 날씨만 좋으면 밤 10시가 지나도록 보행인들이 행렬을 이룹니다. 그런데 누가 정해놓지도 않았음에도 보행인들은 대부분 시계 반대 방향으로 행렬 지어 걷습니다. 아마도 태생적으로 오른발잡이가 많아 시계 반대 방향의 회전운동이 더 편한가 봅니다. 원운동을 하기에 힘을 더 잘 쓸 수 있는 다리가 오른쪽이기 때문일 텝니다. 빙상 경기의 쇼트트랙이나 올림픽 육상 종목 400미터 계주의 방향이 그렇듯 말입니다.

　　　　　　　　　　동산을 둘러싸고 있는 그 트랙까지가 산책 공원에 포함될 텝데, 낮이든 밤이든 그 동산 공원은 동산의 숲길보다 트랙 산책로를 걷는 사람들이 더 많습니다. 운동도 하고 수다도 떨기 위해 두세 분씩 어울려 나란히 걷는 일석이조의 아주머니들도 있고, 체중 조절을 목적으로 비대한 제 몸을 싣고 어기적어기적 힘겹게 걸음을 놓는 코끼리 아저씨는 먼저 가라는 뜻으로 본인은 가장자리로 걷습니다. 그러면 이어폰을 귀에 꽂은 채 ㄴ자로 굽힌 팔을 시계추처럼 흔들며 성큼성큼 걸어온 날씬한 아가씨가 두세 배의 속도로 코끼리 아저씨를 추월합니다. 반달 모양의 그 트랙을 한 바퀴 도는 데 걸리는 시간은 저의 걸음으로 13분쯤 됩니다. 간혹 스마트폰으로 드라마를 시청하면서 혼자

천천히 걷는 아주머니도 있습니다. 제가 트랙을 두 바퀴 돌아올 때까지 산책로의 같은 자리에 선 채로 드라마에 심취해 있는 분도 있습니다.

날이 갈수록 부쩍 늘어나는 현상은 반려견과 동행하는 산책자들이 많다는 것입니다. 한두 마리는 보통이고 어떤 분들은 눈썰매를 끄는 개들을 앞세운 양, 서너 마리의 반려견과 동행합니다. 그런 경우는 대개 자그마한 반려견들 몸통에 묶인 끈을 관리하기에 벅찬지 산책자는 걸음을 편히 이어가지 못합니다. 문제는 종종 갈팡질팡하는 반려견들과 어울려 트랙을 걷거나 뛰는 일을 불편해 하는 산책자들도 적지 않아 보인다는 것입니다. 그러니 훗날에는 반려견 전용 산책로가 생기게 될지도 모를 일입니다. 꼭 그 이유는 아니지만, 저는 트랙 산책로에 산책자와 반려견이 조금 많이 나와 있다 싶으면, 낮이든 밤이든 동산 숲길로 들어갑니다. 오르막 내리막이 구불구불 이어져 있어서 걷는 속도를 일정히 유지하기는 어렵지만, 동산 속 산책로는 비교적 한산하기 때문입니다.

제가 동산 숲속을 산책하는 이유는 또 있습니다. 동산도 산이기에 계절에 따라 꽃과 나무들이 곳곳에서 눈호강을 시켜주기 때문입니다. 봄이면 매화, 진달래, 벚꽃, 원추리, 철쭉이, 여름이면 짙푸른 활엽수와 연둣빛 풀벌레들이, 가을이면 선명한 단풍과 밤톨과 도토리들이, 겨울에는 새하얀 눈송이들이 저의 눈길을 붙잡는 주인공들입니다. 두 해 전 겨울에 저는 그 동산 공원을 짬만 나면 나와 무작정 걸었습니다. 평일 한밤이든 주말 한낮이든 아무리 고민해도 해법을 찾을 수 없는 직장의 불화와 제 인생의 전망을 머리에 이고 영하 13도인 날에도 칼바람을 마주하며 계속 걸었습니다. 그러던 늦겨울 어느 날, 저는 제 마음에 도장을 찍었습니다. 저처럼, 어느 동산 공원을 혼자 뚜벅뚜벅 걷고 있는 그 누군가는 어쩌면 자신의 거울 속으로 걸어 들어가고 있는지도 모릅니다. 마치 마주 보고 있는 두 개의 거울 사이에 서 있으면 끝없이 비취지는 거울 속의 거울 속의 거울 속의 경상(鏡像)처럼 말입니다.

✸ 덧말

조선시대의 종묘 제례나 의궤 행렬에 나타나듯이 우리는 우측통행을 했습니다. 그러다가 일제강점기에 뿌리내렸던 좌측통행이 80년 만인 8년 전에 다시 우측통행으로 바뀌었습니다. 습관은 시간에 비례해서 어린아이들보다 연만하신 분들이 타성을 버리기가 쉽지 않은 듯합니다. 산책 공원에서 성인 분들의 절반가량이 여전히 좌측통행을 하고 있으니 말입니다. 저는 꼿꼿이 우측통행을 하고 있습니다만, 개중에는 마주 오는 산책자의 보행 방향에 따라 좌우로 이동하며 걷는 분들도 계십니다. 그러한 배려는 오히려 보행 방향의 혼란을 가중시킵니다. 모두의 편의를 위해 사회적 약속을 지켜야겠습니다. 습관은 다른 습관만이 바꿀 수 있습니다.

다소 어이없는 습관도 있습니다. 볼륨을 최대치로 올린 카세트를 손에 들고 산책하는 경우입니다. 그런 분들은 대개 본인이 좋아하는 트로트 음악을 들으며 산책합니다. 산책 중에 음악을 들으려는 많은 분들이 왜 이어폰이나 헤드폰을 사용하는지 카세트를 켠 분들은 생각해봐야 합니다. 듣고 싶은 자유가 듣기 싫은 자유를 억압해서는 안 됩니다. 이런 생각을 하면서 저도 제 자유로써 이어폰을 꺼내 스마트폰에 연결했습니다. 제가 '동요 록 밴드'라고 일컫는 산울림이 노래 부릅니다. "꼭 그렇진 않았지만 구름 위에 뜬 기분이었어. 나무 사이 그녀 눈동자 신비한 빛을 발하고 있네."라고요. 6분 20초나 되는 그 곡, 「아마 늦은 여름이었을 거야」의 드럼 박자에 맞춰 가을이 오는 산책 공원을 사뿐사뿐 반 바퀴 돌았습니다.

눈속말을 하는 곳

초판 발행일   2018년 11월 30일
        지은이   윤병무
        그린이   이철형

        펴낸곳   **국수**
      등록번호   제2018-000158호
          주소   경기도 고양시 일산동구 진밭로 36-124
          전화   (02)3141-6126
          팩스   (02)6455-4207
      전자우편   songwriter@kuksu.kr

ISBN 979-11-965084-0-1   03810

이 도서의 국립중앙도서관 출판예정도서목록(CIP)은 서지정
보유통지원시스템 홈페이지(http://seoji.nl.go.kr)와 국가자
료공동목록시스템(http://www.nl.go.kr/kolisnet)에서 이용
하실 수 있습니다. (CIP제어번호: CIP2018034211)